"EL LAMENTO DEL CUERVO"

Escrito Por

Asya Shmaryan

Traducido al Español
Por

Yolanda Rubatto Ivanov

www.trafford.com
North America & international
toll-free: 1 888 232 4444 (USA & Canada)
fax: 812 355 4082

PARTE I

Capítulo 1

El lamento de un cuervo está en el aire, y su mirada se ha posado en algo. A continuación, el cuervo se detiene en la rama del árbol, se inclina en el borde y espera.

Al final del dia en el area metropolitana de Detroit se puede ver a la gente común regresando de un arduo dia de trabajo.

Aquí aparece a la vista una típica casa americana, con antepasados de clase media provenientes de una tercera generación de nómades europeos. Aquí es donde encontramos a la familia Lipinski.

La cocina esta llena de garabatos, y se ven recortes por doquier del diario 'The Daily'.

Dentro de los Lipinski resalta un hombre en la mitad de sus cuarenta, Peter. Se le ve fuerte, de 1.80cm de alto, moreno con profundos ojos grises, elegante. Peter es el trabajador de la familia, el que recibe un suelo por su trabajo.

En el lado opuesto esta Rosalyn, su esposa. Una mujer en sus cuarenta tambien, rubia de peluqueria, aunque se nota que no va tanto como ella quisiera.

Después tenemos a los hijos, Robert de catorce años y Sarah – Jane la hija menor. Aparece también en la fotografía una mujer mayor, Margie, la abuela de los niños

De repente y sin previo aviso, Peter suelta la bomba delante de toda la familia. "He conocido a una mujer, una mujer mucho mas joven que yo. Me he enamorado, ella se ha enamorado de mí.

Peter respira profundo para continuar, inclina la cabeza, pareciera avergonzado pero aun asi se siente que no hay remordimientos en su decisión.

Rosalyn por el contrario esta perdida. Peter la mira, se apena por ella pero se da valor y sigue hablando bajito pero seguro: "Rosy, soy yo mirame." Hemos vivido muchos años juntos tenemos unos hijos maravillosos y estoy feliz de haberlos tenido, pero ya no te amo mas.

Me siento un hombre, un hombre completo, con todas mis capacidades, no me siento un hombre viejo para nada.

Peter se interrumpe por un momento, respira hondo y susurra bajo pero seguro: "Necesito estar con una mujer que realmente amo"

Rosalyn por el contrario se le ve frágil, descompuesta, con el corazón totalmente roto, mira con incredulidad a Peter como si no entendiera, como si no creyera lo que ha escuchado.

Mueve la cabeza como negando y grita: "Peter ¿qué estás diciendo? No creo una palabra de lo que me estas diciendo!

Peter la corta, prefiere hablar el a que ella siga hablando. " Lo siento Rosy es mejor terminar esta relación, yo ya tome la decisión de dejarte. Rosy lo mira con los ojos muy abiertos " Dime Peter es mi culpa? Desde que el primer dia que nos conocimos te ame! Me case contigo! Soy la madre de tus hijos!

Ahora, tú me obligas a romper con esta relación, me dices que nuestro matrimonio esta arruinado, en base a qué? Pero el la interrumpe "No lo soporto mas! Rosy nuestros hijos ya crecieron, Rob es casi un hombre y te será de mucha ayuda.

Rosalyn no para de sollozar, se toma las manos pero luego las deja caer a los lados, se le ve tan frágil; sus lágrimas no paran de rodar por sus mejillas.

En ese momento entra Rob a la cocina. Cuando vio a Rosalyn desencajada aun sollozando se preocupa. "¿Qué está pasando aquí? Mamá, ¿por qué estás llorando? Rosalyn levanta apenas la cabeza, mira a su marido de reojo: "¿Hijo, sería mejor si es tu padre el que te lo explica"

Peter mira a su hijo, duda un momento pero luego rompe el silencio: Rob, no es fácil para mi decirte lo que voy a decir hijo, pero necesito un tiempo a solas, necesito apartarme de ustedes un tiempo. Lo siento hijo"

Peter se interrumpe, ve la angustia en la cara de su hijo: ¿Por qué, papá? ¿He hecho algo terrible?"

Robert solo atina a respirar de manera abrupta, jadeando. Su impulso de adolecente lo hace correr, quiere llorar, su dolor es demasiado fuerte. No entiende.

Han pasado mas de dos horas desde que Rob se encerro en el baño, si se pudiera lo veriamos sentado en el piso, con las manos agarrándose la cabeza. Sin ningún movimiento y con los hombros temblando, esa es su manera de expresar su pena.

En el pasillo mientras tanto, están los esposos Lipinski, acompañados de Sarah –Jane y de Margie. Esta anciana mujer aparece pálida y frágil, llora y gime por su nieto: Robert cariño te lo imploro, abre la puerta! Ya ha pasado la cena y tu ni siquiera saliste, no has tocado tu plato.

Peter se ve apenado, los lóbulos de su oreja se muestran tensos, trata de negociar con su hijo pero esta nervioso: "¿Rob, estas ahí? Solo respóndenos. Tu mama y yo estamos muy preocupados, hijo, estas?"-

Por un momento las lagrimas de Rob se podian sentir, pero el sonido de su voz quebrada irrumpio diciendo: No! No voy a salir de aquí! – Este adolecente sigue llorando, le falta el aire por momentos, pero aun asi pregunta: "Si yo salgo Papa prometerá que se queda con nosotros?

Peter mueve la cabeza: Mira hijo no te quiero engañar! Pero si tu prometes salir, yo te doy mi palabra que hablaremos al respecto! – Toda la familia Lipinski esta parada a la entrada de la puerta, se miran uno a uno, sin aliento.

Rob escucha atento, luego declara con voz temblorosa: 'OK papa! Voy a salir!' -

Cuando la puerta se abre lentamente aparece primero la cabeza de Rob, y despues aparece su delgado cuerpo que se va arrastrando hasta salir del todo. Rob da la impresión de estar por un parte asustado pero por otro parte triste, muy triste; se pueden ver las lágrimas peleando por salir.

De pronto Peter toma sus manos y le explica: "Rob tu tienes que entender, tu madre y yo hemos hablado, se gira un momento para hacer contacto visual con Rosy, pero sigue implacable" Yo vendre seguido a verte a ti y a tu hermana Sarah Jane, sobretodo cuando estén de vacaciones del colegio. Los tres podremos pasar tiempo junto. Yo los podre llevar conmigo de viaje a una playa en Mexico!"– Pero Rob lo corta y le dice: "Para no mientas!! No quiero que te vayas por favor! Te quiero papito, no me dejes por favor!" – Peter lo toma mas fuerte de la mano, pero Rob's solo atina en su impulso adolecente a huir.

Ya ha pasado mucho tiempo desde que Rob huyo del hogar. En la casa de los Lipinski se puede sentir la preocupación en el ambiente. Rosalyn fue la primera en romper el silencio: 'Esta es solo tu culpa Peter! Donde se puede haber escondido este muchacho?'– Al mismo momento, Sarah Jane interrumpe diciendo: 'Mama,

Papa yo se donde puede estar Rob.' – Ahora los adultos voltean su atención a su hija menor.

Peter mirando de reojo pregunta: Sarah realmente sabes donde esta? Dinoslo! Sarah jane les dice: Rob esta en el atico tocando su guitarra!- Estas segura? Como lo sabes? Porque cada vez que el tiene problemas sube al atico – Peter mira a su aun esposa y le sugiere: " Rosy vamos rápido!"- Rosalyn suspira pero asiente: "Ok Vamos!"

Habiendo entregado la ubicación de Rob, Sarah – jane decide seguirlos. Rosalyn se da cuenta: "Donde crees que 'vas jovencita? Es mejor que regreses a tu cuarto e intentes dormir un poco. Nosotros tenemos que hablar con Rob a solas. Sarah Jane los mira pero entiende: "Ok mami. Buenas Noches Papi." "Buenas Noches hija, dulces sueños corazón.

Los tres adultos, con Margie incluida dejan la habitación con rumbo al ático.

A lo lejos si escuchas bien se puede escuchar los latidos de corazón de Rob.

Los Lipinski caminan con dirección al ático, suben despacio pero a paso seguro, dentro de las paredes se puede escuchar el eco de sus pasos; no se detienen pensando solo en encontrar a Rob.

El ático está plagado de telarañas, llenas de polvo colgando de las vigas oxidadas. Se puede ver a las justas gracia s a la pequeña luz que entra de una ventana que no se ha limpiado en años. Por todas partes se escucha el sonido de las palomas y otras aves que revolotean.

A la altura de las paredes aparece una puerta grande y solida que se abre sin problemas. Aparece triunfante el trio Lipinski con Margie incluida. Con lagrimas en los ojos dice de manera tierna pero firme a la vez: "Robert cariño don de estas? No tienes tareas para la escuela mañana? Con el mismo tono de voz Rosalyn intenta no alterarse: "Robert yo se que estas aquí! Te hemos escuchado! "Solo se escucha el eco de sus palabras en las paredes huecas y vacías; pero no mucho después se escucha también la respiración agitada de Robert.

Rosalyn avanza buscando el lugar de donde sale el sonido, sus pies se mueven rápido por el casco vacio del ático.

Se escuchan los pasos avanzando sobre el suelo duro; son los pasos de Peter, que bien los reconoce Rob. Peter se encuentra molesto y no lo disimula. "Entonces Rob, te niegas a salir? Lo sigue Margie que aun gimotea y camina con los hombros temblorosos " Robert cariño donde estas? Aun escuchando la voz temblorosa de Margie, Rosalyn toma una gran bocanada de aire como dándose valor.

La cara de Peter va cambiado, se le nota frustrado y la paciencia se le va acabando: Rob tu siempre haces lo que quieres! Esto es suficiente. Es hora de tomar medidas radicales. Te voy a sacar de los pelos de este ático de una vez por todas! Se escucha la respiración del adolecente, ya pausada, ya a ritmos normales, está decepcionado pero calmado.

Lo siguiente que se escucho fueron los gritos Fuertes y repetidos: Rob me escuchas? Sal inmediatamente de ahí! Rob ven aquí! O vas a estar castigado por un mes! Y además ya no vendré a visitarte ni a ti ni a Sarah! Ya no vendré en las vacaciones para llevarlos a una playa en México! Robert sale pero se desprende de la mano de su padre que logra alcanzarlo y se desvanece nuevamente en la oscuridad de la noche.

La separación de sus padres fue muy dura para Robert. Luego el divorcio ya fue demasiado para este adolecente, fue un tema que ya no supo manejar.

Durante toda su vida Robert se sintió solo, con una tristeza que no lo dejaba. Como resultado del divorcio de sus padres el pasaba todo su tiempo libre solo, sin mas compañía que el y casi siempre en el ático.

CAPÍTULO 2

Es un amanecer morado donde se puede ver a lo lejos la escuela secundaria de Detroit.

Están los alumnos de séptimo grado. Todos tienen 14 años y están sentados en sus pupitres escuchando a la madura profesora Mis Hostler mientras da su clase.

De un momento a otro uno de los alumnos escupe la goma de mascar que llevaba en la boca al bote de basura que tiene enfrente. La goma de mascar cae con fuerza pero luego con una fuerza inusitada golpea la parte de atrás de la cabeza de Robert.

Robert da un salto de dolor y se encoge. Luego da la vuelta e investiga de donde pudo haber venido el golpe. Mira a todos sus compañeros de clase y ve dos caras familiares riendo, son Martin McDermott, 14 años; y otro alumno de la misma edad que esta sentado al lado de Martin, Jonah van de Borg. Robert ingenuamente no sabe que lo ha golpeado, solo sintió el golpe.

Rob empieza a gritar: Ouch! "Quien me ha golpeado en el cuello? Quien ha sido? Chicos digan quien fue, quien ha visto algo?" – Jonah se ha puesto rojo, pero reacciona inmediatamente. "Cállate idiota! No interrumpas la clase!" – Se ve a la profesora, Mis Hostler, que se acerca ante tanto tumulto y se para enfrente de Robert. Lo mira fijamente: "Entonces Lipinski, eres tú quien esta interrumpiendo mi clase?" Lo mira fijamente y como Robert sigue en silencio le replica: " Y ahora que ha pasado Lipinski? Con quien estas peleando esta vez?"

Cuando la profesora Hostler volvió la cara a toda la clase, dejo de prestar atención a Robert por un minuto, pero les dijo a todos de manera firme y fuerte: " Ahora, todos ustedes presten atención! Mañana tendrán un examen! Insisto en que se preocupen ahora solo de leer sus libros de texto, no quiero ninguna sorpresa mañana con las preguntas que he preparado.

Luego en los talleres del colegio se ve un grupo de jóvenes hablando con un profesor. El nombre del profesor es Hugo Morales, y esta encargado de enseñarles a los alumnos los secretos de la carpintería y otros oficios. El profesor Morales tienen una tabla con todas las herramientas necesarias, incluido un taladro.

Hugo levanta un poco la voz para dejarse escuchar entre el grupo y dice: Ok chicos y chicas! Escuchen con atención como se trabaja con la madera.

Han pasado 20 minutos desde que la clase empezó, los alumnos han escuchado las indicaciones del profesor. Ahora se les deja una tarea para que pongan en práctica lo aprendido. El profesor Morales escoge a tres chicos del grupo: "Haber Lipinski, George y Cheryl van a demostrarle al grupo como crear nuevos diseños. El proyecto de hoy es diseñar aviones para talar los árboles con ellos.

Desde el momento que Rob toma los planos nace en el una fijación en crear un objeto capaz de talar arboles

Pero de pronto una persona lo distrae, le han arrojado un trozo de metal directo a su brazo. Rob gira la cabeza de un lado a otro como sorprendido, luego ve su mano derecha que es la que le causa dolor. Esta sangrando, esta sangrando de manera abundante! "Ouch! Duele!"

"Profesor Morales mire como sangro" Rob lanza la herramienta al piso como si esta le hubiera hecho el daño, se escucha como cae.

Hugo se preocupa cuando ve la sangre de Rob, intenta parar la hemorragia con sus manos pero no puede; el resto de los compañeros de clase se preocupan también, sus caras muestran desconcierto. Mientras tanto solo un alumno se muestra satisfecho, Martin, parece muy satisfecho con todo el revuelo. Si alguien supiera como aborrecía a Rob!

Aparece una enfermera que intenta de manera infructuosa curar la mano de Lipinski, pero no puede, y Rob sigue gritando: "Es muy doloroso!"

CAPÍTULO 3

Al dia siguiente, Robert llega a casa de la escuela y come un almuerzo algo tarde, luego le deja saber a su madre: "Mama me voy a ir al atico"!" Rosalyn da un respingo y se pone frente a su hijo con una mirada curiosa:"Robert y tus estudios?" – Rob la mira y tiene esos ojos de querer salir corriendo.

De pronto Rosalyn se da cuenta de la mano herida de su hijo:"Necesitas un nuevo vendaje?"

Pero Robert ya logro huir y se esucha la voz de su madre solo como un eco que se desvanece en el aire. Robert ni siquiera presto atención. Abre la puerta del atico y desaparece.

Robert esta sentado en el atico desde hace un buen rato.. Empezó a acordarse algo que tiene en su mente y lo preocupa. Con una avalancha de recuerdos Rob empieza a recordar lo que la profesora les dijo esa mañana en el colegio. Rob se pregunta:

"Que voy a hacer? Papa ya no esta aquí! Quien me va ayudar con mis exámenes? Seguro que el examen de física lo voy a fallar!

De la nada Rob se sorprende al escuchar el sonido de un aleteo, luego un golpe seco como si los pajaros hubieran volado y caído. Luego con claridad se escucha el lamento de un cuervo: 'Kar-kar-kar!'-

Rob mueve la cabeza con incredulidad cuando aparece un cuervo de ojos verdes y lo empieza a observar con curiosidad. Parece que el cuervo se pregunta cuales serán los pensamientos de este niño? Al menos eso es lo que su mirada parece decir.

El adolecente lanza un grito de pánico: Ohh!! Cuando el cuervo empieza a sobrevolar el atico. Sus graznidos son estridentes, luego aterriza, primero con una pata, luego las dos se paran en el alfeizar de la ventada.

Al principio Rob se asusta: " Un pájaro? Un cuervo? Dios! Shush! Esto es lo único que me faltaba! Un cuervo! Andate al diablo, de donde has salido? Mi vida ya es un infierno , no te necesito cuervo desgraciado!"

Pero el cuervo parece no inmutarse, salvo por ese graznido característico, el lamento: "Kar!"

Rob intenta espantar al cuervo con sus manos, pero el cuervo sigue estando ahí al borde de la ventana.

El cuervo sigue mirando con esa mirada inquisitiva en esos ojos mezcla de amarillo y verde, lo sigue mirando sin sacarle los ojos de encima, Rob ahora si está asustado. Sus hombros empiezan a temblar de una manera descontrolada.

Rob lo mira también, pasa el miedo y esta intrigado de ese cuervo y esa mirada que parece hablarle: " Eres un desgraciado verdad cuervo? Shush! Ándate de aquí, vuela! Ándate al infierno! Déjame solo! El cuervo lo mira y le deja un lastimero graznido: 'Kar-Kar-Kar!'-

En el ático, todo se ve nublado, menos la ventana, Rob no puede ver con claridad, se frota los ojos y se da cuenta que el cuervo era realmente una urraca, un reloj de madera!

Rob no lo puede creer, se acerca a la urraca pero esta confundido:" Ok No mas juegos por hoy! Shush!

Tengo bastantes más cosas de que preocuparme que este juego maldito! Mañana tengo exámenes en el colegio! Es por eso que estoy con este genio de mierda! Rob sonríe, pero le increpa al cuervo de manera implacable: Tu cuervo maldito, con esos ojos buscas los cadáveres cierto? Estas hambriento cuervo? Y el cuervo responde, con un eco que se escucha de lado a lado en el ático: 'Kar-kar-kar!'-

Robert encuentra las sobras de comida que dejo el dia anterior. Las pone en un plato lleno; el ave que no es timida planea por el techo y aterriza justo al lado del plato. Robert parece satisfecho: "Al menos alguien esta feliz! Si yo también pudiera tener tus alas y volar donde yo quisiera! O si pudiera volar y coger apuntes para el examen de mañana! Si no puedo hacer eso voy a fracasar en el examen, tenlo por seguro!

De repente la urraca sin previo aviso empieza a batir sus alas, alza vuelo y desaparece sin dejar rastro.

Capítulo 4

Parece que será un lindo amanecer en Detroit. Se ve un almacén limpio y solo con un escritorio en un lado, y en el interior hay dos adolescentes que escriben notas pequeñas en largas piezas de papel Es Martin McDermont el líder; en sentido contario está sentado su amigo, Jonah Van de Borg, de la misma edad que el.

De manera caprichosa la puerta sigue abierta mientras los fuertes vientos causan un estruendo increíble en las ventanas que al final se abren de golpe también.

De la nada en el cielo azul un cuervo vuela generando un gran caos mientras se escucha su lamento: : 'Kar-Kar-Kar!'-

Los adolescentes se miran asustados mientras el cuervo planea su vuelo encima de ellos sobre el techo claro. El cuervo vuela sigue volando y de repente aterriza encima del escritorio donde estos chicos estaban sentados solo minutos antes.

La urraca se detiene y le da un vistazo a las notas de los chicos, su mirada parece estar de fiesta. Empieza a picotear los apuntes, ahora los tiene todos todos en su pico! Cuando parece estar satisfecho con su trabajo se levanta imponente sin miedo, bate las alas con fuerza y empieza el caos nuevamente, luego sin mirar atrás vuela alto sin miedo. Quien sabe a dónde?

Con la desaparición del cuervo, los chicos parecen aturdidos y temblorosos. Parecen paralizados por lo que ha ocurrido hace unos minutos solamente.

Solo Martin empieza a hablar, Van de Borg solo escucha: "Jonah, tienes una idea de lo que paso? Jonah mueve la cabeza aun aturdido" No, no tengo ni idea" Cuando vi ese cuervo volar aquí casi me hice en los pantalones!

Los chicos se miran entre ellos, todavía se puede notar el pánico escrito en sus ojos. Por un momento Jonah dice: Como pudo entrar volando hasta aquí?" – Martin responde furioso: "

Quien necesita saberlo? Nos debe preocupar lo que va a pasar con el examen! Tu sabes si alguien tendrá notas guardadas?"

Martin abre los ojos y sus pupilas se dilatan y responde en un susurro:" No te preocupes Martin. Voy a llamar a Kuhn del séptimo año, el guarda sus notas le voy a pedir que me las de." Martin responde: " Claro que el las tiene! Anda rápido, anda a pedírselas! "

A la siguiente mañana mientras Rob está caminando a la escuela en el camino lleno de nieve ve al cuervo parado a la entrada del edificio principal. El cuervo sobrevuela la cabeza de Rob y con un movimiento rápido deja caer a sus pies los apuntes.

Rob sonríe totalmente complacido: "Hoy es mi dia de suerte! Dare un examen genial con estos apuntes!"

Ya en la clase Rob está escribiendo sus notas sentado en un escritorio al lado de una chica. El está realmente concentrado en el cuestionario que tiene al frente. Se escuchan voces a lejos de la profesora que da las indicaciones a toda la clase. La profesora Hostler les dice: " Ahora toda la clase empiece a leer el cuestionario!"

Todos los alumnos están concentrados en su examen, nadie se mueve.

Han pasado al menos 20 minutos desde que el examen empezó, los alumnos escriben cuidadosamente en sus hojas. Mientras tanto Rob se nota ocupado mientras echa algunos vistazos cada vez a sus notas mirando cual va con las preguntas de su examen.

En el centro de la clase la Sra Hostler cuida la clase, mira atentamente como sus alumnos van llenando el cuestionario En ese momento la mirada de la profesora se posa en Rob y camina lentamente hacia el, sin que se de cuenta. Cuando llega hacia el agarra la mano de Rob y logra quitarle sus notas! La Sra Hostler muestra los papeles en el aire a toda la clase. Y pregunta de manera irónica para que el resto de la clase escuche: " Lipinski que diablos es eso? Quien te dio permiso para hacer trampa en el examen? – Rob mira alarmado y asustado, se siente perdido y sus hombros empiezan a sacudirse "Sra Hosler déjeme explicarle por favor" – Pero ella lo corta con un firme: Cállate Lipinski"

La profesora Hostler toma sus gafas cuidadosamente y las limpia mientras intenta poner orden entre los alumnos. Los mira a todos y con una voz que no admite interrupciones grita" Todos ustedes escuchen con cuidado! Quien trajo estas notas? Al que lo hizo que se atenga a las consecuencias. Ahora todos ustedes continúen con su examen! Hostler se voltea y dirigiendo se a Rob le dice: Ahora Robert ven conmigo"

Cuando salen del salón Rob la sigue pero se muestra avergonzado y también con pánico de lo que puede venir a continuación.

Cuando ella cierra la puerta agarra la mano de Rob con firmeza y le dice: Lipinski te vas directo a detención! Y espera ahí al director que el vera como maneja tu caso Pero no olvides llamar a tus padres. Ahora!"

Más tarde la profesora regreso al salón de detenciones donde Rob aún estaba esperando. " Ya has hablado con el director, Lipinski? Rob se muestra muy apenado y avergonzado: " Si Sra Hostler! Por favor permítame explicarle que paso. Esas notas no me pertenecen. No tengo ni idea como terminaron conmigo. Un cuervo vino volando esta mañana y las dejo a mis pies." Rob no había terminado con su explicación cuando una profesora Hostler furiosa le replica: Lipinski tu crees que yo nací ayer? Pero Rob sabiendo que es verdad lo que dice: No miento Sra Hostler le estoy diciendo la verdad, por favor le ruego me deje terminar mi examen, se lo ruego!"

Rob camina lentamente por el pasillo del colegio hacia su salón, a los costados están colgados los sacos y las mochilas de sus compañeros. Ya Rob se ha dado cuenta que se esta convirtiendo en un espectáculo mientras todos lo miran.

Ya Rob se siente asustado, tiene miedo que alguno de los alumnos lo agarre. De pronto ve a Martin y Jonah; intenta encontrar un lugar para esconderse de ellos; pero no lo logra.

Rob siente como lo arrastran y aunque intenta soltarse no puede lograrlo ya que los brazos de los otros muchachos lo agarran con fuerza. Martin se muestra furioso" Idiota! Como llegaron esas notas a tu poder? Esas notas no pudieron llegar solas a tus manos, no vuelan por lo aires! Rob ahora ya no siente miedo, siente pánico! Con voz temblorosa responde: " No tengo ni idea chicos, no lo se!

No importándoles el miedo de Rob estos chicos cogen por el cuello a Rob y están a punto de colgarlo de unos de los ganchos para los sacos.

Felizmente se abrió la puerta del salón de profesores. Era el Sr Morales y vio que tenían cogido a Rob del cuello y este intentaba huir de los otros dos chicos, asi que pregunto:. Cual es el problema aqui?

Martin reacciona hablando entre dientes: Este es un estúpido, es un ladrón! Rob se siente miserable y dice: " Yo no soy un ladrón! Yo no le he robado nada a nadie! Y cuando mi papa venga al colegio les va mostrar sus músculos a ustedes dos! El Sr Morales corta la pelea diciendo: Es suficiente! Paren ahora de pelear! Les voy a dar un consejo si ustedes no quieren que los expulsen de aquí es mejor terminar con esta problema de una buena vez!

Cuando todo estuvo arreglado los adolescentes empiezan a caminar. Pero antes de llegar a la salida Martin agarra por el codo a Rob y le dice cantando de manera burlona: " Robby tramposo cupido! Has tenido suerte esta vez, pero no creas que tendras una segunda oportunidad!

El profesor Morales que los has seguido con la mirada interrumpe a Martin y le dice: " McDermott y Jonah vayan de una vez de aquí antes de que cambie mi decisión y los acuse con el director y le cuente todo lo que acaba de pasar!

Cuando Martin y Jonah ya se habían ido, Hugo se acerca a Robert: "Lipinski no le prestes mucha atención a estos estúpidos! Solo dime la verdad, de que estaban hablando ¿ De que te acusa Martin? – Rob agacha la cabeza y toma una bocanada de aire como queriéndose dar valor: Sr Morales como dije antes, yo no he robado nada. El hablaba de unas notas que la profesora Hostler descubrió cuando yo me estaba copiando- El Profesor Morales estaba muy sorprendido: Rob jamás me imagine que tu pudieras copiar en un examen! Y antes que nada, de donde sacaste esos apuntes?

Rob lo mira profundamente a los ojos y murmura: Sr Morales esta mañana camino a la escuela antes de entrar por el edificio principal un cuervo llego volando y dejo estos apuntes a mis pies. Le digo la verdad, lo juro!'- Hugo está aturdido, y sus hombros se estremecen: Rob dime la verdad esos apuntes eran tuyos?'-

Rob reacciona moviendo la cabeza de manera vigorosa" NO! No se de quien eran esas notas, pero no son mias!

Pasan unos minutos como deteniendo el tiempo. El profesor rompe el silencio y le habla de manera cariñosa "Mira muchacho, yo se que estas triste, pero discutir con los otros chicos no ayuda. Las personas tenemos días malos y buenos, hoy no fue un día de suerte para ti.

Rob lo mira despacio y pregunta: Sr Morales usted también se va a divorciar?

El profesor Morales aun disgustado mira a Rob fijamente y le dice: 'Lipinski, ¿A que te refieres con que yo también me voy a divorciar? Explicamelo por favor'- Rob está nervioso: 'lo siento, señor Morales hablaba de mis padres. Papá nos ha dejado. Ahora mis padre estan en el proceso de divorcio. Pero no lo quiero! Ojalá papá siempre se quede con nosotros!'-

El profesor lo mira con pena y le acaricia la cabeza. – Rob no te preocupes hijo. No te exijas ok? Ahora entiendo porque estas fallando en los estudios.

Hugo cambio bruscamente el giro de la conversación e intento sonar positivo: Rob durante mis clases yo te he visto trabajar muy bien, lo haces muy bien en el tema de los aviones! Rob giro la cabeza hacia el profesor con una mirada expectante:" Sr Morales de verdad? Usted cree que lo hago bien en sus clases? '-, Hugo le echa una mirada y responde: 'No hay dudas al respecto, Rob! Si pones empeño en aprender tu podrías convertirte en un buen carpintero en un futuro!" - Rob sonríe: "Usted cree? No estoy muy ansioso de convertirme en un carpintero pero si me encantaría construir cosas." Hugo asiente con la cabeza: '¿Sabes Rob después de clases hay talleres extracurriculares donde van los chicos que quieren desarrollar habilidades especiales . Porque no vienes uno de estos días?" Rob se muestra interesado: "Señor, me gusta esta idea, pero me temo que si mamá se entera, Dios me meteré en problemas".- Hugo guiña un ojo y replica: 'No te preocupes! Hablare con tu madre y pediré su consentimiento. "De ahora en adelante, puedes llamarme Hugo! Vale, Robert?'-

CAPÍTULO 5

Ya han pasado 3 meses desde el último incidente. Era mediodía y se escucha la melodía de los alumnos tocando sus instrumentos musicales.

Rob está caminando y lleva un estuche de guitarra que lo cuelga al hombro. Rob se asoma valientemente al salon de música abre la puerta y entra, se queda parado en el umbral. Allí descubrió una banda que está tocando y cantando. Se siente un fuerte olor, como si alguien hubiera fumado marihuana o cosas similares. En el lugar se ve en el espejo algunos de sus compañeros de clases; en medio de ellos esta Martin; él también se fija en Rob. Martin señala al grupo y dice: "Oye amigos corten! Basta!" Entonces Martin se voltea directamente a Rob con rostro alterado, lebvanta las manos, temblándole los nudillos y grita: "Miren lo que acabo de encontrar! Que diablos haces aquí Robert?"- Rob es tímido y tiene miedo: 'Yo escuche que se había formado una banda y vine aquí pensando en que me podía unir a ella.'- Jonah, se altera, y le grita: 'Si, somos una banda ¿Qué eres idiota? O tal vez nos estas espiando?'-

Escuchando ese recibimiento Rob se vuelve hacia la puerta listo para correr; pero Jonah y otro muchacho mas le salen al frente cerrándole el paso; lo empujan y Rob cae al suelo, Rob los mira aterrorizado: Basta! Van a romper mi guitarra! Ha sido un regalo de mi padre! - Jonah le da un empujón en el brazo superior de Rob, y el otro muchacho salta, coge la mano libre de Rob y la tuerce hacia atras. Jonah lo mira sarcástico y le pregunta: '¿dónde crees que vas?'-

Martin le pregunta de manera cinica: Jugar con tu guitarra? Ahora no, tonto!'- "Estúpido, quién le importa tu guitarra? Has venido a vernos fumar? Seguro viniste a espiarnos para ir corriendo a acusarnos? "-, Rob replica pero aun con voz de miedo: 'No, amigos! No se lo diré a nadie! No vi que estaban fumando! ¡Chicos, de todos modos no 'es asunto mío que es lo que hace cada quien con su vida'- A continuación vio que Jonah se vuelve hacia la puerta donde Kuhn sigue parado y le pregunta; "Kuhn, abre la ventana! Haz desaparecer este olor ya! Hazlo!- En un punto crítico Martin irrumpe, sostiene un nudillo hasta ser – loco: 'Oye, imbécil! ¿Nos has visto fumar marihuana? Rob aun esta en estado de pánico, así dijo que con voz temblorosa le responde: 'No! Vine aquí para unirme a la banda! Chicos les digo la verdad!'- Después de unos momentos Martin aun furioso le increpa al grupo" "¿Amigos confiamos en este idiota? Si lo dejamos ir será capaz de contarle a alguien lo que vio! Nos venderá! ¡ Sí! ¡ Vamos chicos! ¡ Vamos!"- Martin salta encima de Rob y le pega. Viendo esto los demás compañeros se unen en los golpes: "¡Ay! Rob intenta defenderse pero le es casi impisible. Martin está loco de rabia: 'Rob, eres un imbécil! Mostrarte con mis notas robadas!- Rob responde con miedo pero también con rabia: 'No lo robé! Te lo juro!'- Martin se enfurece mas todavía, mientras lo mira: 'Rob, si le dices a alguien, lo que viste vamos a hacer de tu vida un infierno.

- Robert está llorando por ayuda y grita con toda la fuerza de sus pulmones: 'Déjame ir! ¡Ayuda! ¡Que alguien me ayude!'-

Pero los adolecentes no dejan de pegarle; Rob se encuentra en el suelo de tanto dolor.

De repente se escucha el lamento de un cuervo. Revolotea cerca a la ventana. La urraca se alza imponente en lo alto del techo del salón de musica. A continuación el pájaro aterriza en la encima de la cabeza de Martin y lo cubre con sus alas. ¿Los ojos amarillo verdoso del cuervo se han parado a mirar con rabia? Sin previo aviso el cuervo golpea con furia uno de los ojos de Martin; Luego lo picotea en la frente, en la cara y Martin empieza a gritar de dolor: ' ¡ Ay! Amigos, ayúdenme! Que demonios! Cuervo de mierda!? Esto duele! Ayudenme carajo!

En un instante Rob se ha quedado estatico, la pandilla ha dejado de atacarlo y observa inmóvil el ataque. Martin se cubre con una mano el ojo lesionado y ruge, mientras agita la mano que le queda libre: 'Te voy a matar Cuervo sangriento! Shhh! Amigos, ayúdenme a coger a este maldito pájaro! Uno que lo agarre por un ala!

Pero nadie puede, el cuervo alza el vuelo y planea desde arriba. El resto de los chicos miran aun asustados las heridas de Martin. Uno de los chicos salta e intenta a trapar a la urraca pero sin ninguna suerte. Mientras tanto Rob que observa empieza a retroceder y ve la oportunidad de escapar de la pandilla. El cuervo sigue volando creando un caos increíble. Vuela mas rápido cuervo, ayudame!

Rob logra escapar corriendo como alma que lleva el diablo y logra alcanzar el patio del colegio. Se detiene un segundo para aspirar aire. Parece estar de buen humor como recordando lo sucedido jajaja . Abruptamente vuelve a la realidad y pone una sonrisa media amarga para si mismo: 'Esos tipos han logrado lastimarme! Si no fuera por el cuervo no sé qué hubiera pasado conmigo? Gale es un Salvador...'- 'Sí, puedo llamar al cuervo Gale de ahora en adelante! ¿Si no fuera por mi cuervo, no lo sé! , Gracias a Gale que voló en el lugar correcto y en el momento justo!'-

Rob siente de nuevo la encantadora del día en Detroit. Allí se da cuenta que la urraca coincidentemente está volando junto a el. Rob se detiene a disfrutar de la vista del campo y grita alegre: 'Espérame, Gale!'- Cuervo reacciona feliz con un: 'Kar!'-

En milésimas de segundos la urraca voló hacia Rob; y rápidamente aterriza en la rama de un árbol, justo por encima de su cabeza. Rob lo mira y le dice despreocupado: 'Gale, baja! Baja hasta mi brazo? Me entiendes cuando te hablo?'- No ha terminado de decirlo, cuando el pájaro ha volado y luego está aterrizando en el brazo de este adolescente.

Capítulo 6

Desde que comenzó esta extraña amistad entre el cuervo y el muchaho han pasado ya casi doce meses. Es época de invierno y afuera solo se ve una capa blanca que cubre todo. Pero a pesar de ser un dia de invierno el sol brilla y alegra el dia.

Ya en la escuela hay un cartel que indica que las fiestas navideñas están proximas. Rob esta parado a un lado, mientras Rosalyn y Peter están hablando con la Sra Hostler, que dice cosas desagradables sobre Rob: '...Lo siento, pero su hijo tiene una naturaleza terca! Entonces, le aconsejo que considere colocar a Rob en una escuela especial, donde va a obtener la ayuda que necesita...'- Rosalyn le impide seguir hablando: ' ¿De qué está hablando? Mi hijo está en buena salud física y mental!'- La maestra vuelve al ataque: '¿y que me dice de las acciones de su hijo, por ejemplo, la ultima vez robó apuntes y hacia trampa en el examen

'- Rob se molesta e interviene en la conversacion: 'Mamá, yo nunca robe nada?'- Rosalyn se voltea y mira a Peter; 'Peter, es solo culpa tuya todo lo que esta sucediendo. Si no nos hubieras dejado por una puta, esto no hubiera pasado con Robert!'-

Peter se siente avergonzado y replica: Rosy la ropa sucia se lava en casa, este no es el lugar adecuado."

De repente el Sr Hugo interviene en la conversacion; allí ve: a Rosalyn angustiada y a punto de llorar. En un impulso Morales aborda a la Sra Hotsler: "Disculpe, ¿qué está pasando aqui? Que sucede Sra Hotsler?"-

Peter deja la conversación, Hugo vuelve su atención a Rosalyn, otra vez: 'Señora Lipinski, escuche, se no enfade con Robert. Puedo asegurarle que su hijo es un joven talentoso y bueno!'- Ella todavía aparece angustiada, levanta la cabeza: 'Gracias. Usted también es profesor de Rob?'- Hugo asiente con la cabeza. En ese caso ella se desploma: '¿Cuál es su nombre?'- "Mi nombre es Hugo, ¿Puedo llamarla Rosalyn?"- A la vez que pone una sonrisa:

El profesor Morales respira y habla despacio: 'Rosalyn, ¿le puedo invitar un café para hablar de Robert? ...'-

Ha pasdo algo de tiempo. Rob esta sentado en la sala de su casa haciendo las tareas de colegio, mientras su hermana Sarah Jane esta en un sofá leyendo un libro.

De repente la puerta se abre y ven a su mama entrar con el Sr Morales atrás de ella. Su madre parece algre y sin demora les dice: 'Niños espero que no les importa que invite al señor Morales a pasar Navidad y año nuevo con nosotros?'- Los chicos se miran entre ellos aun sin entender que esta pasando ahí.

CAPÍTULO 7

Un nuevo año ha pasado y la primavera ya se deja sentir en la ciudad de Detroit, sus encantadores rayos de sol ya tocan la ciudad. Rob ya tiene dieciséis años.

Mientras esta leyendo un libro en el sofá de su casa, aparece Hugo que camina junto a Rosalyn. Algo parece que preocupa a la pareja.

Mientras están hablando se escucha a Rosalyn decir: 'Hugo aconsejame, qué hacer?'- Hugo parece confuso: 'Ojalá pudiera Rosy'- Ella intenta limpiar las lagrimas que asoman en su rostro '¿Dónde consigo la cantidad que debemos al banco?'- Rosalyn no repara en la presencia de Rob que responde: 'Mamá, quiero llamar a papá y pedir que nos ayude, te parece?'- Rosalyn vuelve la cara al notar la presencia de su hijo: 'No creo, Rob. ¡Tu padre prefiere gastar su dinero en esa tonta de Tatiana que ayudarnos!

Pasan unas horas de desesperacion y Rob se decide; repentino el está sonando. Peter se siente y responde languidamente: 'Hola! Peter habla!'- Rob esta en una cabina telefonica.: 'Hola! ¿Quién es?'- Rob habla con miedo: 'Hola, papá! Soy Rob!'- Peter responde: "Hola, hijo!"- Rob aun con una respiración alterada le dice:"Me alegra que hayas tomado el telefono papá, aunque he intentado llamar antes..."- Rob se interrumpe por Peter, que escucha en la línea; a continuación, su voz es elástica en el teléfono: 'Está bien, hijo! Tengo que decirte algo! ¿Te acuerdas que prometí llevarte a ti y Sarah a esa playa en México?'- Esta vez Rob escucha profundamente, cuando abruptamente habla: 'Sí, Sarah y yo esperábamos ese viaje! Cuando nos vamos, papá?'- Peter está escuchando perezosamente en la línea telefónica, Pero interrumpe su hijo, cuando ha dicho rápidamente, incluso si es voz cautelosa: 'Mira! Cambios de planes, hijo! Por ahora debemos retrasar el viaje, solo por ahora! Pero te prometo que los tres nos iremos a la playa las próximas vacaciones!'-

La cara de Rob se altera, parece que le saltaran chispas de los ojos cuando escucha la respuesta de su padre.: 'No? ¿Por qué no deberíamos viajar?'- Se Escucha a Peter tomando impulso para respirar. Rob replica con voz agradable: "Papá no te llamé para eso, sino porque necesito que me ayudes. ¿Te acuerdas que tenemos la hipoteca de la casa por pagar?"- 'Sí.'- Rob dice: "El banco nos ha ordenado a pagar las deudas ahora! Si no, el banco se quedara con la casa y nosotros nos quedaremos en la Calle!"- Peter escucha, parece ser sombrío: 'Lo sé, hijo. Pero ahora tengo otros problemas enque ocuparme! Pero no le digas nada a Sarah! Creeme, si pudiera, yo los ayudaria!'- Peter en la línea telefónica está jadeando como si le costara respirar. Rob escucha lo que su padre ha dicho; y reacciona agriamente: 'Papá, Sarah y yo estamos cansados de tus promesas! Eres un mentiroso, eres incapaz de cumplir tu palabra!"

En la noche y en medio de la oscuridad, Rob entra al domitorio de su mamá y ex-dormitorio de su papá. Cuando abre la puerta queda atrapado con la vista de Rosalyn y Hugo en el mismo lecho, ambos medios desnudos. Rob se queda

41

paralizado por un segundo pero después escapa lo más rápido que puede. Rosalyn se averguenzay salta de la cama; corre tras él, camino gritando sin poder contenerse: 'Hijo, por favor, espera! Déjame explicarte?!'- Escuchar su voz resonando en el pasillo; pero Robert ya ha se cerrado la puerta con un sonido apagado, después se ha ido.

Despues de unas horas Hugo sube al atico donde encuentra un cartel en la puerta que dice: cartel: "No entrar".

Hugo intenta entrar de todos modos y ve a Rob.

Hugo toma a Rob por los hombros y lo saca del atico: '¿por qué diablos están en el atico? ¿No te sientes comodo en tu propia habitación? Dime, Rob?'- Aquí el adolescente le responde: 'Señor Morales, aquí juego con muchas palomas! El canto de los pájaros me ayuda a soñar! Veo el mundo con una luz diferente! Ademas aquí le dejo comida a mi cuervo cada dia. '- Hugo se siente al borde de las fuerzas: 'Rob, tu mamá me dijo que has dejado de estudiar? Durante tu tiempo libre solo paras en el atico en lugar de ayudar a tu madre y tu hermana?'- Pero Rob actúa en respuesta con un ingenio mordaz: ' profesor usted no es mi papá! ¿Usted no me puede decir que tengo quehacer!? Acaso yo he dado mi consentimiento para que se mude a esta casa y se acueste con mi madre? Hugo se pone muy tenso pero igual le responde: "Muchacho malcriado! No sabes que yo me preocupo y los quiero mucho? A ti y a tu hermana! Ademas yo quiero mucho a tu madre también!"

CAPÍTULO 8

Es un magnífico día aquí afuera, en el banco un cajero está contando los billetes. Primero ella hace un atado y los guarda en las maletas. Ve a otro cajero sentado al frente separado por una ventada de vidrio procesando cheques bancarios. Percibe un sonido: el timbre del teléfono y el gerente general del banco que responde la llamada. Cuando se abren las puertas corredizas entra Rob y su madre.

Llegan más clientes y también un cuervo que vuela entre los clientes y va directo a los cajeros que están contando dinero. La urraca aterriza en un contador; en un instante el pájaro abre su pico y esta intentando arrancarle los billetes de la mano a la cajera.

El cajero intenta retirar su mano de la mandíbula del cuervo, pero el pájaro balancea su cuerpo revoloteando sus alas y grita: 'Kar!'-

El cajero junto a compañeros de trabajo están congelados y aturdidos. La urraca aprovecha el caos que ella misma ha creado y agarra rápido un fajo de dinero en efectivo de mano de la cajera y sale con prisa por la puerta principal.

Los clientes en medio de la confusión siguen esperando su turno, intentan acercarse a la repisa de vidrio. Un hombre gordo intenta llegar primero; los demás clientes se quejan e intentan llegar primero también, nuevamente se crea un caos.

El gerente emerge de su oficina y pide calma con micrófono en mano:"Damas y caballeros! La administración del banco le pide disculpas por la situación que ha surgido. Pedimos calma y que desalojen el banco inmediatamente.

Rosalyn le dice a Rob: "Hijo me da miedo esta situación, mejor salgamos lo mas pronto posible."

Diez minutos después Rosalyn y Rob están caminando, Lidia esta con ellos. Rosalyn nerviosa le dice a su hijo: 'Hijo estoy desesperada, que podemos hacer para pagar nuestras deudas?

De la nada un cuervo aparece en el aire y se balancea sobre sus alas clamando:: 'Kar!'-

En ese momento la urraca lanza un paquete a los pies de Rosalyn y Rob. Este posa su mirada en el paquete y en el cuervo mientras el cuervo sigue sobrevolando sobre ellos. Rob se agacha a recoger el paquete pero su madre con temor le dice: 'Robert, no levantes eso!'- El adolescente agita los brazos: 'Y por qué no, mamá?'- 'Hijo, qué pasa si alguien, o la policía nos ve?'- 'Mamá, mira! Nadie está alrededor, solamente un niño a lo lejos!'-

Rob con disimulo recoge el paquete lleno de billetes mientras dice: 'Mamá, sabes que necesitamos dinero para pagar las deudas! No hemos robado esa cantidad de dinero del banco, no somos ladrones!'- El único testigo es un niño que se columpia de arriba hacia abajo.

CAPÍTULO 9

Ha pasado otro año, Rob tiene 17 años y esta en el pasillo de la escuela.

Esta sentado al lado de Rosalyn, Sarah-Jane y padrastro, Hugo, y cerca también esta Margie. Ese clan Lipinski se regocija por los graduados y su baile de promocion. Todos vestidos con sus mejores vestidos dan un cuadro muy especial de elegancia.

La música empieza a tocar y todos salen a la pista a bailar, los alumnos y sus padres y todos los que los han acompañado el dia de hoy.

Al dia siguiente en la mesa del comedor toda la familia, Rosalyn, Sarah-Jane; y su padrastro, Hugo con Margie están almorzando tranquilamente. Se abre la puerta principal y entra Rob. Toda la familia lo mira sorprendido. Rosalyn le dice de manera inocente a su hijo: Rob pensamos que hoy te levantarías mucho mas tarde luego de la fiesta de promoción!

" Mama pero es que piensas que yo me voy a emborrachar como un idiota? Y luego estar con resaca el dia anterior? Rosalyn lo mira con cuidado y orgullosa le dice:"Rob estamos super contentos de que hayas terminado la secundaria. Felicitaciones!"

- A continuación gira para mirar a su marido: Hugo y yo hemos hablado sobre tu futuro y los planes a seguir para ti'- Rob agacha la cabeza y preguntar: ' Mamá y Hugo creen realmente que yo hare una carrera en la construccion?'- En un instante Hugo responde con seguridad: 'Por qué no! Estoy completamente seguro que puedes hacerlo hasta el final, Robert! Yo te he enseñado mucho! Tu puedes ser un gran carpintero, hijo!'- Oyendo esto, Rob mira a Rosalyn que se le ve radiante de felicidad. Hugo sigue diciendo: Rob eres joven y bien puedes lograr todo lo que tu te propongas! Puedes trabajar ahora y seguir estudiando hasta lograr un titulo universitario!'- ¿Sarah-Jane replica: 'Realmente? Tío Hugo, tu crees que Rob lo puede lograr?'- Hugo la mira y le responde con cariño: 'Por supuesto Sarah-Jane!'-

En un segundo el semblante alegre de Rob decae de manera estrepitosa cuando dice: Papa fue ayer a mi graduación, pero solo un momento y luego salió apurado!

- Rosalyn lo mira mientras el se responde:: "Porque esa perra de Tatiana lo impide ver a sus hijos! Incluso en una ocasión como esta!"

Rob levanta su cabeza para enfrentarla, pero su mirada es incredula. Él mira a Hugo y luego su mirada se traslada a Margie. 'Mamá ¿es verdad o no?'- Hugo intercede: ' ¡Ay! Rob no pienses mas en eso, la verdad es que ahora somos una familia, esto me incluye a mí también! No puedes hablar asi, no puedes ser descortez con tu madre hablando de ese modo. Rob inclina la cabeza hacia abajo, se disculpa: Lo siento mucho mamá, lo siento mucho Hugo! No estoy enfadado contigo, estoy enojado con mi papá! Él me ha prometido muchas cosas, pero nunca cumplió su palabra! Ni siquiera esa maldita playa en Mexico- Hugo inhala; y menea la cabeza hacia abajo: 'Muy bien! A partir de mañana comienzan las vacaciones! .¿Por qué volamos todos a Miami?'-, Rob inclina su cabeza y dice: Yo esperaba viajar con mi papá como el lo prometió. Hugo levanta las manos, y alegre le dice:

'Olvídate de lo que ha dicho Peter. Te prometo que estaremos viajando a Miami y relajándonos en alguna playa!'- Hugo mira alrededor esperando el apoyo de toda la familia. "Vamos gente, vamos a empacar!"

PARTE II

CAPÍTULO 10

En Miami es un hermoso atardecer de color amatista. Se
ve la suite de un hotel en Miami Beach.

Esa misma noche en la suite, se ve a una pareja, ella en sus
treinta y su compañero bordeando los cuarenta y tantos, están
sentados en un cómodo sofá viendo la televisión.

Finalmente la mujer se levanta y dice: estoy aburrida de estar
aquí tanto tiempo." El hombre se levanta también: "Me alegro
vamos a beber unos tragos al aire libre, vamos a nadar un poco
también."

Salen de la suite del hotel y antes de cerrar la puerta el hombre
se asegura de que todo este cerrado y en su lugar.Apaga la luz y
se va satisfecho, excepto que ha olvidado cerrar la ventana al salir.

Se puede observar las calles con un cielo rojo y estrellas chispiantes sobre Miami. Se ve un anochecer que cubre con su manto brillante el camino a los turistas que parecen perdidos.

De la nada una urraca aparece volando audaz en el horizonte, y desciende sobre la ventana de la suite. Gira su pequeña cabeza con esos ojos verdes amarillos como buscando algo en la habitación. 'Kar!'- se escucha. El cuervo pasea su mirada por toda la habitación como asegurándose que esta vacia. Va directo a un cofre, donde la pareja que acaba de salir ha guardado sus joyas. La urraca recoge las piedras preciosas una por una. Gale coloca las piedras una a una sobre el piso y las mira. Se alegra! Ha encontrado el collar quye buscaba, uno que llevaba unas gemas adentro. Las guarda en su mandibula y se va volando por la ventana abierta.

Va y viene, el pájaro hace muchos viajes a la misma habitación. Una por una se va llevando las joyas. Gale se ha llevado las pulseras, los anillos, todo en realidad!

Gale escucha que alguien se aproxima y abre la puerta desde afuera. Balancea sus alas y emprende el vuelo.

Un poco mas tarde el pájaro aterriza en las ramas de un árbol, sigue el ascenso y llega a su nido, un nido lleno de joyas todas apiladas y brillantes.

Ya empieza a amanecer en Miami. Con un pequeño viento que hace temblar de manera suave los arboles. Esto indica que se puede acercar una tormenta. Se ven las casas elegantes, mientras el grito de una mujer irrumpe la calma: 'Ayuda! Los ladrones han entrado a robar. Llama a la policía, John!'-

De pronto de todas las residencias tan elegantes se escuchan voces, en su mayoría gritando y aullando:'Ayuda! Fue un robo. Los ladrones han entrado a la casa! Mick, llama a la policía."

De vuelta al otro lado de la ciudad, en un hotel lleno de clientes esta Rob y su familia pasando unos días de vacaciones. La policía entra a ese mismo hotel para investigar, el caos es enorme. Preguntan acerca del robo

Mientras la gente esta parada en el lobby del hotel la policía sigue haciendo sus pesquisas. La policía pregunta quienes son los huéspedes aquí. Se escucha la voz por el micrófono diciendo:

"Damas y caballeros! Las personas que no estén alojadas en este hotel sírvanse desalojar el local.

Los huéspedes están en círculos, todos cuentan sus historias sobre los robos, los detectives escuchan y toman nota.

Los empleados están parados curiosos escuchando todo. La policía pregunta: Vio usted ha alguien sospechoso en el ascensor? Quien piensa que pudo robarles? Sospecha de alguien? Vio algo fuera de lo normal?"

Los policías preguntan también al personal. Pero ellos insisten en que no hubo nadie sospechoso."Este es un hotel muy respetado, nadie puede pasar sin antes registrase en el lobby.

Se ha arremolinado un grupo de huéspedes que han sido victimas de robo, y han escuchado lo que decían los miembros del hotel, alzan la voz y dicen: Este hotel no es confiable! Como han podido robar? Quiero que el hotel me reembolse por mis joyas robadas!

Se siente un ambiente de caos total, el murmullo crece, no parece disminuir por ahora.

En Miami Beach muchas personas están tendidas al sol, otras aprovechan el calido mar. Más arriba se ve un grupo de jóvenes y adultos jugando volleibol en la arena. El cielo se va oscureciando con notas de zafiro al hacerlo. Mas alla algunas personas toman fotos para el recuerdo.

Separadas de la costa se observa un grupo de mujeres en bikinis. Sus figuras se parecen mas a unas diosas. Seguro que han venido a trabajar como modelos y están esperando posar para unas fotografías profesionales. Pasan ante ellas tres jóvenes que al igual que ellas parecen unos Adonis y se vuelven a mirar a las chicas. Uno de los chicos empieza a hablarles: "El agua esta caliente aun! Te invito a nadar! Me acompañas?

El segundo chico se detiene y apuntala: 'Sí, chicas! ¡ Tiene razón! Vamos, vamos a nadar?' – Pero una de las chicas les dice: Porque no se van por donde han venido? Porque no caminan recto, derechito y nos dejan de molestar? – El primer chico replica: Que chica malcriada! Porque eres tan reacia? Luego dan media vuelta y se van.

Rob estaba parado a un lado y ha escuchado toda la pelea.

Mas tarde, ese dia, Rosalyn, Sarah Jane y Hugo se toman fotos, Rob esta con ellos también. Las fotos muestran a todos de buen humor. Rosalyn se tapa los ojos de los rayos de sol y sigue disfrutando la vista. – Hugo le dice: '¿No crees que el clima es hermoso en Miami?'- Todos en coro replican con alegría: "Sí! Aquí el clima es increíble!"- Hugo está muy emocionado: "Color de rosa! Tengo ganas de volar! Tengo tantos planes para nosotros! Querida familia, estamos teniendo un buen rato o qué?"- ¿Todos al unísono sacudir sus cabezas en armonía: 'Es absolutamente fabuloso ¡'- Hugo dice: " Vamos a nadar, y luego con mas hambre comemos algo! – Los mira a todos y ve que todos ellos sin excepción están compartiendo su alegría.

Lo próximo que podemos ver es a toda la familia en movimiento corriendo hacia las calidas aguas del mar listos para nadar!

Rob ha surgido desde el mar, lleno de sal en toda su piel, Rosalyn ofrece a su hijo una toalla; luego en tono alegre replica: 'Hijo, Hugo y yo iremos a un lugar. ¿Puedes llevar a tu hermana a comer un helado? '- Rob sonríe y asiente con la cabeza: 'No hay problema, mamá! Pero me tienes que dar algo de dinero para los helados!

Minutos mas tarde Rob y Sarah – Jane están caminando rumbo a la heladería. Cuando llegan miran alrededor con interes

Un camarero llega y les ofrece el menú y pregunta: '¿qué les gustaría ordenar?'- Rob inclina la cabeza hacia abajo y lee el menú: 'Queremos pedir dos helados con tapas de chocolate, por favor!'- 'Por supuesto! Robert y Sarah-Jane ni siquiera han terminado de comer su helado cuando de repente el cielo cambio por completo.

Una gigante nube gris cubrió el cielo de arriba abajo. Al minuto un estruendo rompió el silencio y empezó a llover. Las calles de Miami Beach se desbordaban de la lluvia; la gente corria a protegerse en lugares techados pero algunos no llegaban y terminaban empapados.

En el café, Rob y Sarah Jane se miran, incrédulos ante el espectáculo que tienen al frente: 'Rob, ¿qué vamos a hacer? ¿Cómo podremos llegar al hotel?'- Ahora Rob contesta divertido: 'Es que es la primera vez que estas en una tomenta? ¿Crees que eres una bebe de azúcar y te derretiras en la lluvia? Jajaja Mira, tenemos bolsas de plástico para taparnos la cabeza. Sarah Jane piensa por un momento, luego pone una sonrisa y decide: 'Es cierto, Rob! Vamos corriendo?'- Rob dice: ' Sí! '- Y, ella es feliz: 'Pues vamos!"-

Rob y Sarah Jane han dejado el café,ambos están caminando por la avenida, poco a poco disminuye la lluvia. Los hermanos van caminando con cuidado, intentando evitar los charcos de agua.

De improviso un cuervo aparece en el aire, mientras que Robert y su hermana están dando la vuelta a la esquina. El cuervo voló y ha manchado de caca la blusa de Sarah-Jane, la chica salta a un lado y se inclina la cabeza para demostrarlo: ' ¿Qué es eso? ¿Un pájaro hizo esto? ¿Creo que era un cuervo volando? ¡Sí! Obviamente, mira Rob, un cuervo voló y ha dejado caer caca en mi camiseta!'- Rob parece estar perdido en pensamientos; luego sin embargo responde distraído: 'Escucha, Te llevará a nuestro Hotel! ¿Pero tengo que ir luego a un lugar,ok?'- Pero Sarah parece curiosa, y le pregunta: '¿Adónde vas, Robert? Miami es un lugar extraño, no tienes amigos aquí!" La de Rob altera; y su hermana replica con insistencia: 'O Tal vez conociste a una chica?

"Vamos Rob dimelo todo! – Rob ha puesto el semblante sombrio y dice:"Callate Sarah Jane, deja de hacer preguntas estúpidas! Ahora ve a la habitación y espera a que mama y Hugo regresen." Le dio la espalda a su hermana y salió caminando, dejando a sarah aun perpleja.

Rob camina hacia la plaza, donde diviso al cuervo hace poco. Seguia lloviendo y Rob solo avanzaba intentando escuchar el aleteo de Gale. 'Gale, muéstrame el camino? ¿Por qué y dónde?'- Donde estas?"

Pronto se acercó a un árbol y vio a la urraca que habia volado solo instantes antes hacia alla. Estaba posado en un nido.

Algo escondia, pero era imposible para los ojos de un humano discernir que era lo oculto.

De pronto el lamento del cuervo se escucha como un eco en todo el lugar. Rob extiende su mano: 'Gale, por qué diablos tengo que subir al árbol?'-

Rob está tratando de subir al árbol, aunque está de mal humor; le es difícil llegar a donde Gale quiere que llegue.

Despues de que Rob logra subirse en el árbol se pone en cuclillas para alcanzar el nido del "¿En el fondo del nido donde se supone que las aves ponen un huevo?" En cambio los ojos de Rob se fijan en un montón de oro!. Las joyas son las mismas que han sido robadas en los hoteles!! - Rob esta en un estado de shock: 'Has robado estas joyas, Gale?'- El cuervo solo contesta: 'Kar!'- "No me equivoco!'- ¿Qué pasa si me llevo las joyas conmigo al hotel, y la policía entra y busca nuestras habitaciones? Dios no lo quiera, terminaríamos todos en la cárcel por robo!'- Rob intenta pensar rápido: ¿Cómo hago, Gale? ¿Cómo les digo de las joyas?"

Rob está hechizado, no puede quitarle la vista a las joyas, es que no puede! Rob se quita la camiseta y divide el oro en dos montones separados. Envuelve la mitad de cada uno uniformemente; a continuación envuelve todo en su camisa y lo cubre con una bolsa de plástico, para garantizar que éstos no se mojen.

A pesar de la tentación Rob tiene miedo de llevarse joyas al hotel y exponer a su familia al peligro de que la policía las encuentre. Inclina la cabeza hacia abajo y habla para sí mismo: 'Debo pensar claramente y tener cuidado, debo considerar cuidadosamente como actuar. Ahora tengo que irme Gale, pero volveré con una idea.

Al dia siguiente al atardecer Rob observa con cuidado el parque: '¿dónde esta el árbol con las joyas de urraca?'- Empieza a llamar al cuervo en rimas divertidas hasta que el ave vuela sobre el gritando: 'Kar!'-

'Hola, Gale! Entonces, me enseñarás el camino hasta el árbol donde las joyas?'- El cuervo grazna: 'Kar!'-, Rob pone una sonrisa; sacude los hombros y se mira con un aturdimiento: ';Dios, tú eres muy inteligente cierto? ¿Sabes, qué diría la gente?'- Y el cuervo responde: 'Kar!'-

Rob sonríe, ok Gale muéstrame el camino, además te cuento que te he traido la comida que te gusta!

CAPÍTULO 11

Al dia siguiente en un condominio se escucha el timbre el teléfono. Peter se levanta del sofá para responder:'Hola! Peter, al telefono'- Robert en la habitación de hotel escucha tenso; a continuación replica,: '¿ Papá, me alegro de que hayas contestado tu el teléfono? Necesito tu ayuda! ¿Puedes volar a Miami, hoy?'- En el otro lado de la línea telefónica Peter escucha con languidez, lo que su hijo está diciendo: 'Rob, ¿eres tu? ¿Qué pasa? Oye, por qué estás en Miami?'-

"Mira papá" dice Rob, cuando vengas te lo cuento, estamos aquí todos. Peter se entristece cuando escucha eso; y mira por una ventana como a lo lejos: "Hijo, mañana Tatiana y yo tenemos que volar a casa..."- Rob escucha con impaciencia. Pero él le interrumpe diciendo: Pero necesito urgentemente verte! Al menos una vez en tu vida me puedes ayudar?'- Voz Peter está nerviosa:

'Hijo perderemos nuestros boletos aéreos Hemos permanecido allí bastante tiempo.'- El hijo solo atina a seguir hablando: 'Mira papá, si no fuera algo verdaderamente urgente no te molestaría. Confía en mí, papá por favor, ven a Miami?'- Ahora Peter escucha cauteloso; cuando reacciona con una consulta:

"Muy bien, digamos que voy! ¿Qué pasa con tu mamá y Hugo, si me ven, ¿qué pensarán? ¿No saben cómo ayudarte? ¿No importa lo que es? Dime, hijo!"- Robert insiste: 'No! No puedo decirle por teléfono; Confía en mí. Te lo contare todo cuando llegues!'- Es un momento crítico Peter inhala; y rompe el silencio declarando: 'Lo siento, hijo! No voy a venir...'-

Robert no lo cree, se entristece, así ha finalizado la llamada.

Esa misma tarde Hugo y Rosalyn entran al lobby del hotel y se dirigen a la recepción, Buenas noches señor saluda uno de los empleados a Hugo.

- A su vez, Hugo pide cortésmente: ' buenas noches! ¿Tiene algún mensaje para la familia Lipinski?'- Se ve al personal del hotel corriendo arriba y abajo por las escaleras. "¿Puedo hablar con usted en privado, señor?'- Hugo asiente con la cabeza; Entonces le sonríe a y le dice que vaya llendo; luego se vuelve al empleado:

' Sí! ¿De quien es el mensaje?'- El empleado le da a Hugo un pedazo de papel doblado en dos diciendo Hugo Lee. Morales se ha vuelto palido.

Mas tarde Robert se acerca a la orilla; Ha avanzado corriendo a través del camino a la cafetería, que se encuentra en la playa de Miami. Cuando Rob estaba por llegar al café, vio su padrastro, Hugo está sentado en una de las mesas, parece aburrido. Hugo también encuentra la mirada de Rob y se saludan los dos.

Hugo dibuja entonces una media sonrisa y dice: "Rob no entiendo tanto secreto"Porque me pides verme en secreto? Que es tan urgente y privado?"

'Mira Hugo, si no fuera realmente urgente no me molestaría."- Rob respira hondo como dándose valor; pero parece perdido; y prolonga: 'Primero antes de decirte mi secreto, prometes que me ayudarás, Hugo?'- Ahora ambos se estan tasando con la mirada Hugo sospecha lo peor;: "Robert, ¿qué es tan urgente que me has traído aquí? No puedes tu padre o Rosy arrelaglar la situación?"- El adolescente lo mira sombrio y dice: "Llamé a mi papá, pero no le importa ayudarme! No le quiero decir a mi mamá porque me parece arriesgado"- Se inclina hacia Hugo; y le susurra: 'No!

Te equivocas, Hugo! Supongo que eres el único en quien puedo confiar. - Robert inclina la cabeza hacia abajo; y a la vez, pone una mano en el bolsillo. Le quita la bolsa de plástico, desata a la tela; y pone todo sobre la mesa. Estas joyas!' por eso te he rogado que vengas aquí! Ahora ya sabes. Hugo mira nervioso las joyas, toma algunas e intenta esconderlas bajo la mesa.

'¿Estás loco? ¿Qué pasa si alguien te vio? Nos puedes meter en un buen lío! ¿Dónde diablos conseguiste eso? ¿Has robado las joyas de toda esta gente?'- Rob responde triste: 'De hecho, no lo hice! Yo no soy un ladrón! He encontrado joyas en un nido de pájaro en un árbol...'- Hugo interrumpe a Rob con una mirada de sospecha; "Hijo, yo no nací ayer! ¿O si crees que soy estúpido? Tu crees que las joyas crecen en los nidos de los arboles?'- ¿Pero Rob lo detiene: ' yo no he dicho que las joyas crecen en los árboles: 'Hugo, sabes que antes de ayer estaba lloviendo?'- Hugo agacha la cabeza. En un punto crítico Robert revela más: de pronto un cuervo voló y ha 'mantenido una pequeña bolsa en su pico. Entonces, he ido tras el pájaro y me trepe al arbol! Allí encontré joyas en un nido.'- Rob para, respira y continúa con su historia: 'Ahora, no tengo ni idea, qué hacer con esto'- Rob se ve desolado, Por esa razón se ve en los ojos de Hugo con un pedido: 'Me ayudarías? - Hugo niega con la cabeza y susurrando: 'Está bien, hijo. Nos pondremos en contacto con un pez gordo. Tu y yo nos quedamos aquí, pero la familia debe irse ahora mismo!'-

CAPÍTULO 12

P arece un otoño divino; las hojas de los árboles han ganado un matiz marrón rosa. En esta temporada muchas veces el clima es bastante húmedo pero ahora los arbustos se han secado, es una noche invernal pero no se pronostican lluvias cercanas.

En algún lugar lejano, en un edificio se ve a una mujer en su apartamento tomando una ducha. Se puede ver el perfil y el agua cayendo de manera uniforme, todo desde una ventana entreabierta.

De la nada una urrca se eleva en el cielo bloqueando la luz que entra por las ventanas del edificio. Una vez que el ave entra al departamento va planeando y observando hasta que llegue a los cajones; se detiene.

Allí se puede observar cofre con joyas, donde la mujer guarda sus pertenencias mas preciadas.. Gale lleva una pequeña bolsa, colgada al cuello. La urraca abre el cofre con su pico y captura una piedra preciosa, emplea sus mandíbulas para guardarlas.

La urraca de manera cuidadosa toma gema por gema y las va poniendo una a una en su bolsa. Después de que la misión ha terminado, Gale se balancea con sus alas abiertas, antes de tomar de alzar vuelo. Mientras vuela la urraca tararea con gusto: 'Kar-Kar-Kar!'-

El cuervo sigue volando con rumbo fijo sin que nada lo distraiga, de pronto divisa su objetivo, la casa de Robert hacia ahí va volando.

Capítulo 13

El amanecer pinta de un color violeta y aparece la casa de Martin, quien esta en un sueño profundo.

Milagrosamente su puerta se abre y en la entrada aparece un hombre desconocido. El hombre sonríe cuando ve a Martin, apestando a alcohol, ha estado bebeiendo en un bar en compañía de unos amigos toda la noche anterior.

A continuación el visitante llega junto a la cama de Martin, en un instante comenzó a hablarle, con en un acento, presumiblemente francés: 'Creo te llamas Martin?'- Martin no podía creer lo que veia, Se levanta lentamente de su cama, todavía está aturdido. Inclina la cabeza cabeza hacia la derecha como queriendo enfocar la cara del extraño y murmura: Si soy Martin, quien eres tu? Y que haces dentro de mi habitación?

El hombre de manera enigmática pregunta: Has leído alguna vez "Los Miserables?'-

El adolecente se asombra:" Ese ha sido mi libro favorito toda mi vida!"

La definición de Javert de "Los Miserable", es cuando el inspector hace respetar la ley por encima de todo. Javert ha perseguido a un convicto fugado, Valijean, tiene la esperanza de llevarlo ante la justicia.

El desconocido ahora se dirige a Martin: Yo se que tienes un enemigo, y se que gracias a el se te ha hecho difícil entrar a estudiar. Es hora de la venganza! Haz algo con Rob, tomate la revancha!

El detective con acento francés desapareció de la misma forma en que había aparecido minutos antes. Cuando martin mira alrededor Javert ya no se encuentra. El adolecente se frota los ojos y piensa que todo ha sido producto de su imaginación y lo alude a la borrachera que lleva encima.

No obstante martin empieza a rumiar, si no fuera por Robert, Hugo lo hubiera tomado como aprendiz.

Por la Noche Martin esta sentado junto a Jonah y unos amigos más. Estaban bebiendo licor, escuchando música. Martin invita:

'Muchachos, otro trago?'- Todos mueven la cabeza en señal de asentimiento.

Poco tiempo pasa cuando de repente Hugo, el ex profesor de Martin entra al bar, al lado de un desconocido. Los dos se han sentado en el bar, al costado de un grupo de muchachos que esta bebiendo.

Martin siente como un latigazo cuando ve a Morales. Se acerca cauteloso y le toco el hombro: 'Señor Morales, buenas noches.'-

Hugo parece dar un respingo cuando voltea, pero responde: 'Buenas noches, Martin!'- Hugo se percata de Jonah y del resto de caras conocidas: ' Veo que estas acompañado Martin'- Martin sonríe y asiente con la cabeza: 'Sí, con el grupo. ¿Qué lo trae por aquí, señor?'- Hugo gira; y señala a un extranjero que está sentado en el mostrador: "Un buen amigo, trabajábamos juntos. Nos hemos venido a relajar y tomar un trago."

Jonah se une al grupo alegremente. Hugo los mira y con sonrisa picara les dice: Alguno de ustedes ha considerado conseguirse un trabajo un dia de estos?'- Martin parece atirdido:'- No tengo ni idea de los planes de Jonah pero yo aun estoy pensándolo!"

Por eso estoy aquí con mi amigo, replica Hugo. Quiero conseguirle un trabajo a Rob en construccion.'- Ahí martin recuerda las palabras de Javert, en su sueño: Revancha! Venganza! Rob tiene la culpa! "

Es un amanecer en Detroit con color a zafiro. En la cima de la colina, en el sitio de construcción se ven dos hombres cargando andamios.

Al costado se ven los equipos completos, harneses de seguridad y otras herramientas, además de vigas que ya se habían instalado anteriormente.

Entre el grupo se encuentra Gallagher Billy, en la mitad de sus treinta. Tiene un aspecto típico; cabello rubio, ojos azules; y estatura media-alta. Billy mira hacia debajo de un marcoque aun no ha sido terminado y algo le causa risa. En el cielo aparece un cuervo, sobrevuela el lugar y se aleja.

En el techo aparece el rostro de Lipinski. Hugo su padrastro ha logrado hacerlo entrar en la carrera de la construcción, ha logrado que le den un puesto en la fuerza laboral de la localidad. Al igual que Rob se encuentran otro grupo de chicos que que al igual que que el han sido aceptados como aprendices y están prepararndose para el trabajo de carpinteros.

Abajo en el primer piso esta Merrimack, el jefe de todo el equipo.

El jefe sube por el ascensor de la construcción y se acerca al grupo de muchachos. Rob est acerca y le dice: 'Señor Merrimack, hablé con Billy yme prometió llevarme bajo sus alas, asi podre aprender rápido el trabajo'- Pero es interrumpido por Merrimack, que que suena preocupado: 'Mira, Rob eres un joven agradable, pero inexperto! Mi consejo es que aprendas rápido pero sin correr riesgos inútiles, Ok? Rob le replica: 'Señor Merrimack, me encanta el trabajo, y se que podre convertirme en un buen trabajador pronto! Merimack mira al adolecente con preocupación sintiendo la adrenalina que corre por las venas de Rob: "Chico anda con cuidado, tus padres no me lo perdonarían si te pasara algo malo.. Yo le he prometido a tu padrastro darte una oportunidad en la carpintería."

CAPÍTULO 14

Es entrada la noche y todo se ve obscuro; una persona vestida de camuflaje se desplaza lentamente con cautela. Paso a paso llega al ascensor de la construcción.

Un rayo de luna ilumina la cara del extraño con acento extranjero:'No me decepciones, Martin, tienes que probar tu valor!'- la conversación parece ser mas una conversación entre una misma persona, escalofriamente! 'Está bien, se lo que debo hacer!'-

El intruso entra a la construcción, donde horas antes han estado todo los trabajadores dejando sus herramientas de trabajo. Mira lentamente mientras se pone unos guantes negros. Mira una caja de metal que lleva la inscripción: "Robert Lipinski" en el frente.

El extraño portando una capucha para no ser visto saca de sus bolsillos una navaja. Comienza cortando unas cuerdas y unos cables; luego pone todo como para no ser detectado a simple vista; cierra la caja de metal y sale sin levantar sospecha, sin ser visto, como un fantasma.

Al dia siguiente muy temprano al amanecer en la construcción, todos los arneses de seguridad han sido instalados, las estructuras solidas ayudan el trabajo.

Esa misma mañana Rob llega al trabajo, se siente bien e inmediatamente y esta de buen humor. En el local está todo el equipo listos para el trabajo duro del día. Rob abre el cajón donde esta su caja de herramientas y toma un conjunto de cuerdas y cadenas. Son los arneses de seguridad que debe usar el dia de hoy en su trabajo. En ese momento aparece Billy Gallagher, el líder del grupo. Billy con curiosidad le pregunta a Rob: '¿Cuál es tu nombre, chico?'- Robert replica nervioso: 'Rob! Es decir, Robert Lipinski!'- Billy pone una sonrisa; y luego se permite darle un consejo a Rob: "Oye tío, estás empezando hoy como aprendiz. Recién empiezas asi que quiero darte un consejo que te va a servir en el futuro: "Trabaja duro pero no exageres y siempre busca tu seguridad sin tomar riesgos extremos" - Rob parece que está muy contento, y sus ojos brillan de manera especial: 'Está bien, muchas gracias por el consejo. ¿Puedo llamarte Billy?'- Billy cabecea al mismo tiempo que se ríe y asiente. Robert le dice:"Billy no sabes la sensación que tengo cuando estoy arriba subido a las vigas, es como si el mundo estuviera abajo y yo pudiera hacer todo lo que me propongo."

Billy se detiene y lo mira con agrado. 'Rob, tienes listas las cuerdas? Te doy la mia que ya esta lista, dame las tuyas." Ahora si deslízate hasta llegar al primer piso"

Rob se siente eufórico: 'Bueno, Billy! Muchas gracias, jefe! Estoy listo, cuando tu indiques!'- Billy esta listo también con las cuerdas de Rob, listo para saltar al mismo momento que Robert.: 'Está bien! Ahí, vamos! ¡Saltar, amigos!'- A continuación el grupo va saltando de uno en uno desde un extremo elevado de la parte superior del edificio, van equilibrando la caída con su propio peso.

El equipo casi ha terminado de saltar, saltan de dos en dos y cuando caen inmendiatamente se retiran para que aterrice el siguiente grupo, todos bajan seguros puesto que tienen los cables amarrados al cuerpo y nada puede pasar....

Es el turno de Rob, se le ve algo desorientado por ser la primera vez, pero en un momento vuelve la euforia y grita: "Billy parece que pudiera volar!"

De repente una de las cuerdas del cuerpo de Billy se empieza a soltar! Basicamente se esta destrozando en segundos! Rob esta congelado del miedo, ve a Billy se desliza hacia abajo sin darse cuenta de lo que sucede. "Billy cuidado, cuidado con las cuerdas!" Pero Billy ya esta bajando de manera abrupta!

Abajo en el suelo todo es un caos, los otros trabajadores han sentido el miedo en los gritos de Robert al advertir sobre las cuerdas a Billy. Corren de un lado a otro imaginando que hacer en esa situación. Robert esta muerto de pánico, trata de pensar rápido de que manera puede impedir la caída de su jefe. En un instante el adolescente valientemente y sin dudarlo corta la cuerda del peso del montador y grita con toda la fuerza de sus pulmones para que lo escuche:'Billy! ¡Agárrate fuerte! Voy a llegar hacia ti!!'-

Pero Billy ya esta bajando sin poder parar y cae de cabeza sobre una pared. Como resultado Billy pierde la conciencia.

Capítulo 15

Han pasado unos meses desde el accidente, ya es Semana Santa y la primavera se deja entrever tímidamente: las plantas empiezan a florecer con unos colores mágicos.

Desde algún lado cercano se escucha música al aire libre y se ve a Rob caminando por las calles solo con sus pensamientos.

De pronto al doblar una esquina Robert se da de cara con Martin que le increpa: "'Oye, tú eres un criminal! Espero que consigas una sentencia justa!'- Robert baja la cabeza y sigue caminando.

Todo lo sucedido el dia del accidente termina en la corte. Están juzgando a Robert por los cables rotos. El no tienes la culpa, pero nadie lo sabe.

En el tribunal la jueza, una mujer de unos cuarenta años empieza a hablar con voz firme: '...este juicio se basa en el accidente que le sobrevino al señor Gallagher durante una de las jornadas de trabajo como operario en la construcción, producto de la caída que tuvo se le hace difícil seguir trabajando por la intensidad de las lesiones, que se ponga de pie el demandado..."

La jueza levanta la cabeza, y su mirada se centra en Robert. Que es lo que tiene que decir el abogado del demandante?" continua diciendo la jueza. - El abogado se para: "Gracias su Señoria. Quiero llamar en estrado señor Gallagher el demandante!'-Billy se tensa, sube al estrado: 'Dirigiendo al jurado empieza diciendo: "Damas y caballeros! Me gustaría hablar de Rob!'- Se detiene; luego sacude la cabeza: 'Lo siento, quise decir: el acusado es un niño!'- Se gira y apunta a Rob;¿Este Chico sabe algo acerca de la vida? ¡No! De una cosa estoy seguro, si el hubiera estado en mi lugar ese dia no hubiera sobrevivido!"- Por un instante deja de hablar y mira Rob; Respira profundamente antes de continuar: " Aun siendo yo un operario calificado con muchos años de experiencia no pude manejar la situación. Quiero que el jurado exprese su simpatía por el acusado. Te perdono Lipinski no es culpa tuya! Fue sólo un dia de mala suerte para mi!'- Todos en la sala está en silencio; incluso Robert y Hugo y Roselyn que están sentados entre el publico.

Tras dos horas de receso el juez emergió otra vez; y comenzó a leer el veredicto. Rob esta de pie esperando la sentencia de su destino. La jueza lee: '...Medida cautelar, El accidente que sufrió el señor Gallaher en la construcción lo ha dejado parcialmente invalido y ha sido producto de una acción no premeditada. El hecho de que el acusado es un menor de edad, la ley ordena que el señor Lipinski cumpla un año de sentencia. Debido a que el acusado es un joven y no tiene sentencias previas a partir de ahora señor Lipinski permanece en libertad condicional...'-

En este punto sobrevino el silencio. A continuación el juez levanta su cabeza; Mira a Robert, y termina su lectura.

CAPÍTULO 16

El cielo esta brillando, las estrellas dibujan un sendero luminoso en lo alto. Se observa una mujer en un edificio dando se una ducha. Dentro de apartamento la ventana está entreabierta, Y se ve al cuervo al acecho, listo para un nuevo golpe.

Allí se puede observar un cofre con joyas, donde la mujer guarda sus pertenencias mas preciadas. Gale lleva una pequeña bolsa, colgada al cuello. La urraca abre el cofre con su pico y captura una piedra preciosa, emplea sus mandíbulas para guardarlas.

La urraca de manera cuidadosa toma gema por gema y las va poniendo una a una en su bolsa. Después de que la misión ha terminado, Gale se balancea con sus alas abiertas, antes de tomar de alzar vuelo. Mientras vuela la urraca tararea con gusto: 'Kar-Kar-Kar!'-

El cuervo igue volando con rumbo fijo sin que nada lo distraiga, de pronto divisa su objetivo, la casa de Robert, hacia ahí ahí va volando.

CAPÍTULO 17

Han paso dos años. Es un hermoso verano y Rob tiene ahora 20 años.

En el salón se ve a su padrasto, Hugo, sentado en la mesa del comedor bebiendo un te, se le nota estresado.

Hugo alza los ojos y empieza a hablar con Rob: 'Mira, muchacho yo se que sientes que la mala suerte te esta persiguiendo "- Pero no te preocupes ya pasara, es pasajero. El pobre Billy se llevo la peor parte mira ahora esta casi inmovilizado. Vas a estar bien no te preocupes es solo una etapa que va a pasar pronto."

Lo único que no tiene remedio es la muerte."

Rosalyn que esta también cerca oye la conversación e interviene: "'Hijo, es cierto! Sigue adelante, busca un futuro, no sigas pensando en el accidente. Quieres que Hugo hable con sus jefes para buscarte algun trabajo?"

No mamá, la detiene Rob. Ahora ustedes tienen otras cosas en que preocuparse, mi nuevo hermanito es una de ellas. Yo ya estoy grande, ya es hora de que vuele solo.

Rosalyn se angustia y parece a punto de llorar: '¿Dónde vas a ir, hijo? ¿Deambular por el mundo? Quien cuidara de ti?'-

Rob al ver a su madre asi se angustia tambien 'Mamá y Hugo no lo soporto! Todo el mundo me culpa por Dios sabe qué? Estoy harto de que todo el mundo murmure a mis espaldas que fue mi culpa, ya no lo soporto mas!"

PARTE III

CAPÍTULO 18

La noche comenzó en el restaurante del tren donde se ve a Rob sentado en una de las mesas. En el otro lado del vagon se ve a un hombre joven. Rob se da cuenta que es un hombre de ascendencia china y le llama la atención. Es un hombre joven, mediados los veinte, viste de manera casual. Rob lo observa y se acerca: 'Mi nombre es Robert! ¿Cómo te llamas?'- Este hombre levanta la cabeza; y responde: 'Hola, mi nombre es Dan Ming, y soy un americano chino orgulloso!' Rob sigue preguntado curioso: " Viajas solo? A donde se dirige? Dan Ming se tensa, no le gusta el interrogatorio del muchacho, pero igual responde: "He visitado a mi familia en China. Ahora vuelvo a casa en Pittsburgh."

Ya luego para la cena Dan y Rober se sientas juntos, ven pasar la comida en bandejas.

Una vez que Ming ha recibido su comida la come sin demora.

Mientras va comiendo Dan señala a Rob: '¿Por qué has comido algo?'- Pero, Rob toma una respiración profunda; sacude la cabeza, "No gracias, no tengo hambre."

Rob pasa la noche a bordo del Amtrak, le da un vistazo a la cartilla de salidas y llegadas.

Brevemente Rob mira el alféizar de la ventana, donde ve que vuela un cuervo perdido: resultó ser Gale!. Se para en su asiento y rie nervioso pero contento. Gale se para en la ventana cerrada y su silueta se dibuja en la noche gracias a la luz de las estrellas. Rob sonríe.

Al dia siguiente amanece en el Amtrak, el tren ha llegado a Pittsburgh a las 4:46am. Fuera de la estación de tren se puede scuchar una voz por el amplificador que avisa a los pasajeros sobre los horarios. La mayoría de los pasajeron han desembarcado en esta ciudad.

Se ve a Rob cargando su equipaje. Rob Mira a su alrededor con curiosidad, pero escucha con cautela.

Repentinamente Dan cerca y Rob aprovecha para preguntarle: 'Conoces un lugar para alquilar, Dan?'- Dan parece estar inquieto: 'Realmente no. Escucha, fue un placer conocerte, pero me tengo que ir! Que estes bien!'- Rob parece perdido en el mar: 'Dan, espera un segundo! ¿Por lo menos me puedes dar tu número de teléfono? ¿Por si acaso? ...'-

CAPÍTULO 19

Los meses han pasado y Rob ya esta instalado en Pittsburgh.

Es otoño y ya se siente un clima frio que cuela los huesos. Rob camina junto a una chica.

La chica se llama Eleanor Lonsdale o Nora como le dicen los que la conocen, tiene 18 años.

Tiene unos rasgos muy bonitos, es delgada, mirada fresca y con un color palido pero suave.

Empiezan a charlar mientras caminan y cuando se cruzan sus miradas ella sonríe.

Rob le dice: 'Eleanor, sé que no nos conocemos hace mucho tiempo. Pero te puedo llamar Nora?'- Las mejillas se tornen rosas por una sonrisa nerviosa: 'Sí, claro que puedes!'- Y Robert prolonga: 'Tengo que pedirte un favor '-Nora intrigada le pregunta: '¿Qué es lo que necesitas?'- Rob parece que está avergonzado, pero de todos modos le pide: 'ya ves, he llagado no hace mucho y estoy estudiando en la universidad, pero ahora se me ha terminado el dinero y no tengo como pagar el alquiler del dormitorio. Necesito un lugar para vivir de manera urgente! Necesito ayuda!- Ella sonríe y asiente con la cabeza: 'Es posible que yo pueda ayudarte! De hecho, estás de suerte, Robert! Mi familia tiene una casa de campo un poco lejana de Pittsburgh? Es un lugar lindo, alrededor de 30 minutos de viaje al centro de la ciudad y de nuestro colegio!'- Rob intenta contener su alegría, no puede creer su buena suerte: Nora, estás segura de tu familia no le importaría?

No claro que no, estoy segura que mi familia te lo puede alquilar por un bajo costo en esta época del año. Primero tenemos que ir a verla Robert, si te gusta podemos hablar al respecto. Quieres ir ahora?" Claro que quiero Nora! Y seguro que me va a gustar de todos modos. Y por favor llamame Rob, somos amigos." Nora a la vez esconde su alegría, y le dice: 'Entonces el bungalow es tuyo!"

CAPÍTULO 20

Pasan tres meses. Aún es finales de otoño en la ciudad. En el parque mientras Rob va caminando se ve una magnifica puesta de sol. Lipinski va caminando y junto a el se encuentra Dan Ming.

Charlan tranquilamente mientras caminan pero poco se puede escuchar ya que lo hacen de manera susurrante.

Increíble! Martin McDermott esta en Pittsburgh.

Acaba de llegar y se le ve cruzando la calle de la estación. Sigue caminando y se dirige a lo que parece ser su casa.

Mientras mira a su alrededor en la sala, todo es sombrio: las cortinas oscuras y densas. En la mesa esta una botella de whisky y una jerinja llena, parece que esta esperando a Martin para que se drogue.

En el mismo momento, Rob y Dan están dando la vuelta al parque. Dan parece estar escuchar preocupado mientras Rob le cuenta: "Mira Dan estuve metido en un buen lio en Detroit. Estuve envuelto en un accidente laboral, las cuerdas de un compañero que eran las mias se rompieron, y este compañero que además era mi jefe cayo desde lo alto quedando invalido. El juez fue compasido conmigo por la edad que tenia y me dio solamente una sentencia pequeña con libertad condicional."

Dan sacude la cabeza y dice amablemente: 'Sabes una cosa Rob, yo creo que le tendieron una trampa. Estoy seguro que alguien ha intentado hacerle daño y cortó las cuerdas. "Jesús!" Rob, tienes suerte de estar vivo. Ahora estarías frio si tu jefe no hubiera cambiado las cuerdas contigo!'- Tienes enemigos que quisieran hacerte daño?

Rob vacila y replica:"Tenia compañeros en el colegio que me odiaban pero no se si hasta ese punto. – Ese accidente cambio mi vida, trunco mi futuro, luego de que fui condenado era incapaz de encontrar un trabajo decente! Por esa razón llegue aquí para empezar de nuevo'- Dan le da unas palmadas en el hombro a Rob: 'Muchacho no te preocupes, estarás bien'- Rob reacciona:

'Ojala amigo. Ahora tengo una oferta de trabajo pero necesito un compañero en quien confiar."

Dan piensa un poco, ¿luego levanta la cabeza por curiosidad: 'Realmente? ¿Qué tipo de trabajo tienes en mente, Robert?'- ...Rob revela a Dan sin dar todo; pero se cauteloso: 'Bueno, el trabajo implica encontrar algunos clientes ricos, con el fin de vender cosas.'- Dan parece aturdido: ' ¿Qué clase de cosas? 'Si eso implica vender drogas, estoy fuera...'- Rob lo detiene: 'Yo no trato con drogas, porque yo aborrezco esa mierda! No te puedo decir que cosa es hasta que tu aceptes trabajar conmigo, sino mi boca esta sellada!"- "Lo voy a pensar" dice Dan."

Capítulo 21

En los pasillos de la universidad de Syracuse se ve caminando a Nora Lonsdale. Se va desabronchando el abrigo de piel, luego va y lo cuelga en uno de esos ganchos, para que no se arrugue.

De repende aparece Martin, ve a Nora y sus ojos empiezan a brillar. "'Buenas noches! Has llegado muy temprano para las conferencias, verdad Eleanor'- Nora da un brinco y responde asustada: "Disculpa no te he visto! Me has asustado. Si me acuerdo de ti, Martin,no?"

'Sí, soy Martin! ¿Puedo preguntarle si tiene planes especiales para esta noche?'- Se siente incómoda: 'De hecho tengo planes para esta noche. Y, me llamo Nora!'- 'He venido antes, para una reunión con alguien! – Martin parece sorprendido y a la vez triste: "¿Con quien? Es algo sobre la conferencia?'- Pero Nora lo corta de manera tajante: 'Mi reunión no tiene nada que ver lso estudios. Es un asunto privado!'- Pero Martin insiste: "Es alguien que yo conozco?'- Leonor responde: "Su nombre es Robert y estudia conmigo! El ha venido de Detroit y lo estoy ayudando a encontrar vivienda"- Los ojos de Martin parecen salirse de su orbita "Como dices que se llama? ¿Es su apellido por casualidad Lipinski?"- Ahora Eleanor parece aturdida y naturalmente asiente con la cabeza, pero siente la presion: 'Si, es el, lo vere esta noche.'-

Martin esta palido de la rabia que lo altera; pero Nora sin darse cuenta prosigue: "Lo conoces?"

Martin no puede controlarse mas y le dice: 'Nora, tu lo conoces bien? Sabes toda la verdad sobre el?'- Nora se queda estatica: "Que es lo que debería saber de el?"

CAPÍTULO 22

Han pasado casi dos años. Es actualmente casi medianoche. Ha vuelto el invierno y se afuera el paisaje se cubre con un manto blanco de nieve.

Aquí entra Rob, que mantiene a apretada Eleanor, mientras han salido de una discoteca. Rob esta demasiado borracho esta noche, lidera el camino tomando a Nora de la cintura. " Rob no me aprietes tanto! – Dice con risa ella; pero sin su ayuda fácilmente podría haber caído. Robert replica: 'Nora lo siento, pero sin mi ayuda te deslizas." 'Caeras sobre hielo, y tepuedes hacer daño'-

'Rob, me has sorprendido alla adentro! Dime de dónde tienes tanto dinero para gastar?'- Lipinski parece alterarse por un momento: '¿por qué quieres saber?'- Ella intenta aplacar el mal humor repentino de su compañero bromeando al respecto: "'Oye, derrochador. Tienes un derroche de dinero para comprar cosas que yo tendría que pasar años para tenerlas! '- Robert sonríe; Pero parece tenso, cuando dice: 'Para tu información, Nora, tengo un trabajo! Trabajo como consultor de ventas. Lo único malo es que viajo mucho'- Nora le interrumpe y dice ser irónico: "Un consultor de ventas? ¡Oye!"- Robert aparece ser tímidamente: 'Sí Nora, hoy es tu cumpleaños, te he comprado esos regalos porque tu te lo mereces!'- Rob se ve como perdido en el mar: tu y tu familia me ayudaron, cuando necesitaba un lugar para vivir. Debes confiar en mi Nora."- Nora lo mira con mucho cariño y sonríe. Lo coge de la mano muy fuerte:"Esta bien, confio en ti!" Pero insiste: 'Rob, has encontrado un buen trabajo?'- pero Rob la interrumpe: "Como te decía antes, confía en mi. Le guiña un ojo; y apunta sus ojos por debajo de su estómago, con el fin de atraerla. "Nora te doy mi palabra todo esta bien."

Cuando ve un taxi, Rob aprovecha para terminar la conversación. La lleva corriendo intentando que el taxi pare.

Momentos más tarde Rob abre la puerta del taxi y rápidamente empuja a Nora en la cabina, se sienta al costado de lla en la parte de atrás. El conductor se voltea hacia los chicos y pregunta:"Bueno muchachos, hacia donde se dirigen?"

Rob le da la dirección y le pide que maneje despacio: "Oye, buen hombre podria manejar despacio? Estoy muy borracho y además es el cumpleaños de ella!! Le guiña un ojo al taxista y agrega:"Puede cerrar la ventana, por favor? Nos da un poco de privacidad'- El conductor le guiña un ojo también.

Rob empieza a susurrarle al oído a Nora, tocando con sus labios el lóbulo de la oreja de la chica: 'Entonces, ¿qué querías saber de mí?'-

Mas tarde esa noche esa noche, Rob y Nora caminan afuera de la cabaña donde el vive, de pronto la levanta y la lleva al dormitorio.

La coloca en la cama y ella coquetamente se agarra de su chaqueta.

El se acerca y la besa en los labios. Ella risueña le pregunta:'Dime, ¿por qué eres bueno conmigo? ¿Es porque me debes algo? Rob Lipinskies imposible saber nunca enque estas pensando'- El la mira con mucho cariño y le dice como un caballero: Nora es hora de dormir. Mañana te habras arrepentido de esto; mejor descansa. Porque quisieras hacer el amor con un chico que no conoces bien?"

La voz de ella se agudiza: 'Pero, en mi caso es porque me gustas mucho, Robert!¿No te gusto? Dimelo ahora!'-

Rob se acobarda:'Oh, yo sería un tonto si no me gustaras!'- Todavía, Nora trata de desnudarse. En cambio, Rob es firme en su demanda: 'Nora, ¡basta! ¡Escucha! Hoy quise comprate regalos bonitos porque es tu cumpleaños y porque te quiero mucho. Pero has bebido mas de la cuenta y mañana te vas a arrepentir si te acuestas conmigo hoy." '-

Vamos a conversar mientras te quedas dormida. Ella se pega a el despacio y Rob acaricia su cabello: esta luchando fuertemente contra la tentación. Vamos Nora, es hora de dormir, te tapare para que no sientas frio."

Rob luego la cubre con una manta; luego apaga la luz y sale del cuarto.

CAPÍTULO 23

Desde que empezó la amistad entre el adolescente y la urraca, como cómplice de Rob, Gale volaría a muchos lugares para darle siempre el encuentro, generalmente de noche cuando todo esta oscuro.

Era de noche justamente ahora, y se podía ver una casa de campo, mientras en la planta alta luz está encendida y el balcón abierto. Gale vuela y planea dando vueltas y explora la zona, luego aterriza encima de la superficie de un tocador. mientras que al lado de un joyero, donde los propietarios del lugar dejan sus pertenencias mas valiosas.

El ave hábilmente comenzó a desbloquear el seguro con su pico.

Se demoro algo pero luego tuvo su recompensa, empezó inmediatamente recoger una a una las joyas con su pico y las va lanzando a la bolsa pequeña que sostiene con su cuello.

Una vez que Gale ha terminado con su trabajo, surca el cielo gritando: 'Kar!'-

La urraca ha alzado vuelo rápidamente y logra luego aterrizar en la rama de un árbol de navidad ubicada en el bosque.

Enérgicamente el cuervo cierra los ojos y parece que Gale está dormido. Sólo si mañana amanece el pájaro volara lejos, en la ruta con dirección a la casa de Rob.

Al día siguiente, la urraca vuela bastante tiempo, parando a intervalos y con una bolsa pequeña que equilibra bastante bien.

Nuevamente el dia se conviertio en tinieblas. Rob camina lentamente, esta seguro que nadie loha oído salir. Sube las escaleras hasta llegar al desván, empuja la puerta hacia afuera y esta se abre.

Gale escucha los pasos de Rob que se aproximan donde lo el lo espera, posado en un pequeño tejado de la casa de muñecas que habita en el desván.

Gale le entrega a Rob el pequeño bolso que tiene en el cuello.Rob le ofrece una sonrisa y le pregunta: 'Has traído algo emocionante hoy en tus alas, Gale?'- El cuervo responde: 'Kar!

Kar!'- Mientras Rob se acerca al cuervo y toma el bolso de su cuello. Rob esta sentado en cuclillas y observa lo que el pájaro le ha traido ese dia mientras estima el valor del botin.

"Supongo que no es mucho, Gale? Tengo que ir para obtener el resto de cosas de tu lugar! Vamos acompañame "- El cuervo responde con: 'Kar!'- Robert lo espera, después coge una mochila y sale del ático sin demora.

Mas tarde Robert está acelerando en la carretera. Junto a él en el asiento delantero esta sentado Dan Ming. Momentos después el coche se desvia de la carretera principal, y se dirige hacia una zona apartada.

Pronto se escucha al cuervo graznar, como da dándole la señal al duo que ha llegado: 'Kar!'-

El coche se detiene y los dos hombres salen al bosque. Dan esta nervioso: 'Estás seguro de que es el lugar perfecto para parar, Rob?'- Robert levanta la cabeza para observar el área: 'Estoy seguro, Dan, puedes buscar en ese árbol por favor?'- Señala con la mano: 'Puedes ver si alli está sentado esta Gale!'- ¿Dan mira hacia arriba del árbol: Ok amigo, si tu lo dices.... Pero quien va a subir a lo alto del árbol, eh?'- Robert responde raudo con picardia: 'Te dan miedo las alturas, Dan? Creo que lo haré yo mismo'- Rob empieza a trepar y se para para buscar algo en sus bolsillos:'Dónde está mi linterna?'- Dan se la entrega: "Ahí está, Rob. Ten cuidado!"- Rob recoge la mochila y se la cuelga en la espalda, se aferra a la linterna y empieza a trepar el árbol. Ha llegado a la cima del mismo.

Capítulo 24

En la casa de los Lipinski el teléfono está sonando. Hugo esta recostado en el sofa viendo la televisión. Se levanta y perezosamente contesta la llamada: "Hola, residencia de la familia Lipinski!"- Mientras, en la línea telefónica en una cabaña, Rob está ansioso escuchar voz padrastro. Pero su voz se vuelve tensa cuando habla por teléfono: 'Hola, Hugo! Soy yo, Rob!'- Hugo responde con cierto recelo: '¡Hola, Rob! ¿Cómo estás, hijo?'-

Hugo no tiene muchas ganas de escuchar lo que dice Rob, asi que sigue hablando: 'Es bueno escuchar tu voz. Estamos todos bien. Randy ha crecido, todos los días va creciendo!'- Hugo escucha a Rob en el otro lado del telefono; repente su cara cambia poco a poco y se vuelve palida; Su volz se vuelve tensa, cuando responde: 'Dios Rob, no! ¿Cómo le explicaré mi ausencia a Rosy,

- Rob ha contado una historia; y Hugo es resultante: 'Bien! Voy

a hacerlo. ¿Nos encontraremos a mitad de camino arriba, ¿está

bien? Nos vemos, hijo!"-

CAPÍTULO 25

A lo lejos se divisa un gran cartel:¡Bienvenidos a la ciudad de México. Ahora en la ciudad de México es primavera, todo florece.

Un rayo de sol ha pillado a Robert por sorpresa y lo ciega por un instante. Junto a él, se ve a Hugo sentado en la parte delantera del coche...se le ve tenso.

Un momento después, Robert sube por las escaleras del hotel, siguiéndole los pasos a Hugo que va adelante.

Llegan a un pasadizo y aparece frente a ellos la elegante recepción del hotel.

Mientras Rob toma su teléfono móvil y marca un número, y habla: "Hola, soy yo. He venido como lo planeamos!"- Robert cautelosamente escucha una voz de hombre en otro lado de la línea. Una extraña voz de hombre le responde: 'Bueno, 'viniste en un taxi?'- Robert habla por teléfono: 'No, pero si quieres di eso!'- la voz del extyraño responde: ';Ok entonces sube al piso 5 habitacion 18. Nuestro invitado esta esperando como convenimos.'"- Rob inclina la cabeza hacia abajo; y mira su reloj de pulsera, son las 11:08 de la mañana, hora local.

Una hora mas tarde, Rob esta sentado en la suite del hotel frente a unos empresarios. Junto a los hombres se encuentra un japonés llamado Nakimuro. Él no habla a inglés, asi que ha traido consigo un traductor que estará presente durante toda la reunión.

El traductor empieza hablando: "El Señor Nakimuro quiere saber si ...'-

La traducción es básicamente para saber cuanto debe pagar el cliente por la mercancía. Rob ve al ciente educado y tranquilo pero a la vez se siente que es un hombre firme; Rob responde:

'Quiero que pague en $US dólares.'- El intérprete se voltea y traduce a su cliente lo que Rob ha dicho. El traductor escucha y vuelve a Rob: 'Mister Nakimuro dice que necesita tiempo'-

El reloj antiguo ha sonado, son las 15:48pm.

El cliente se acerca a Rob, pero es el traducto el que habla mientras asiente con la cabeza: 'Nakimuro esta de acuerdo! Pero insiste en que el precio es más de lo que ha estimado pagar '- Entonces el traductor estrecha la mano de Robert como señal de haber cerrado el trato.

Capítulo 26

Largo tiempo ha pasado desde entonces. Martin entra al edificio de la Interpol en la ciudad de Nueva York, y se sienta en el vestíbulo.

Aparecen dos hombres caminando tranquilos y bromeando; le dan una rápida mirada a Martin, pero siguen en los suyo.

Martin se levanta de su asiento y se va a sentarse al umbral de una ventana. Desde ahí ve al oficial que esta a cargo de su caso.

Quince minutos después se ve a Martin entrando al ascensor dirigiéndose a las oficinas, una de los hombres que allí esta le hace guiños a otro mientras bromea: 'Cíclope ha revivido y regresado?'-

Martin sigue en la sede de la Interpol; sale del ascensor nuevamente y a continuación satisfecha se dice a el mismo: 'Estoy en el nivel 6. Este es el cuarto 166, y es la oficina del jefe maximo?'- Martin se dirige a esa oficina, aunque en un momento es presa de panico. Antes de entrar, toca la puerta.

En el interior de la oficina esta el jefe al mando, un experto de la Interpol, es el inspector Colubrine, un hombre de pelo negro, bordeando los treinta. Colubrine usa un traje oscuro, y está ocupado hablando por teléfono con alguien. Por lo tanto, no escucha que Martin está fuera de su puerta y ha tocado. Colubrine levanta la vista y se da cuenta de Martin, pero se le ve ocupado con la persona al teléfono: 'Voy a tener cuidado con todo lo que me has dicho. No entiendes? – Del otro lado de la línea parece que la persona le dice algo importante. A continuación Colubrine le responde:'Como has conseguido esa información entonces?'- Toma un respiro; y preocupado sobre el teléfono responde: 'Está bien, voy a lo que puedo!'-

Segundo golpe en la puerta. Colubrine levanta nuevamente la mirada: ¿Quién es? Entre!'- Martin abre una puerta voluminosa y camina hacia el escritorio, donde esta sentado el inspector. Martin se sienta al frente sin esperar la invitacion. Colubrine sorprendido sin saber aun como actuar frente a Martin replica: ';quién eres tú? ¿Qué haces aquí?'- Martin con actitud timida responde: 'Señor, he venido por que quiero trabajar aquí!'- Colubrine muestra una media

sonrisa: '¿por qué? Quien te obliga?'- Martin lo mira aturdido: 'No

entiendo su pregunta, señor?'- Colubrine es firme;'Muchacho,

estas al frente del detective Colunbrine!!'- 'Mierda! No me vengas

a hablar mierda! ¿Cuál es la verdadera razón por la que estás

tan ansioso por trabajar en la Interpol?'- Martin lo mira severo:

'Detective, quiero contarle sobre mí!'- Colubrine lo detiene como

espiandolo: 'No me dijiste tu nombre, no te has presentado aun'-

Martin parece volver a perderse: 'Mis disculpas! Mi nombre es

Martin McDermott para servirlo, señor!'- Martin la cara hacia

Colunbrine y un rayo de luz muestra directamente su ojo dañado.

Colubrine sin reparos le dice: "Veo que tienes imperfecciones. No

lo creo capaz de manejar una situación de riesgo bajo presión."- la

cara dañada de Martin palidece; en cambio sus ojos brillan con

enojo: "Primero, no he venido aquí para ser insultado. En segundo

lugar, no eres el primero que se burla de mi, estoy acostumbrado"-

Ahora Martin está sin aliento pero inquieto: 'Por último, quiero

tener una carrera y ascenderer a altos rangos en la Interpol'-

Martin señala con una mano su defecto para que el jefe lo vea:

'Jefe, alguien me hizo daño! Desde entonces, lo he perseguido y

se mucho sobre el! Es un ladrón, pero necesito mas pruebas de ese joven Lipinski para poder probar que es culpable. Quiero ponerlo, donde debe estar, en la cárcel!'- Se Mira uno al otro; el inspector le ofrece una sonrisa;: 'McDermott, tu eres como Alexander el Grande, solo quieres ganar cierto?'- Martin seguro de sí mismo: 'Quiero ser el vencedor!'- Esta vez Colubrine dio una sonrisa amplia; Asiente con la cabeza; y le una unas palmadas en el hombro de Martin: 'Ese es el espíritu que necesitamos aquí! Considerate contratado Martin!'- Martin inclina la cabeza alegre. 'Ahora, McDermott, arrojar luz sobre el tema, ¿cuál es el nombre de este criminal?'-

Capítulo 27

La ciudad se cubre con un atardecer violeta con nubes grises.

En la sala de su casa, Martin se inyecta con una jeringa. Las drogan crean un efecto de alucinaciones en martin. Aparece de manera repentina Javert hablándole con su típico acento frances: 'Entonces, Martin puedes hacer entrar en razón a esa chica?'-Martin asiente timido con la cabeza: 'No! ¿Cómo podría? Ahora, Nora no quiere hablar conmigo!'- Javert insiste: 'Oh, vamos! No te rindas, hombre! ¿No has aprendido nada de mi libro? Yo hice uso de todos los trucos posibles para llevar a ese prófugo de nuevo a la cárcel"

Martin piensa un poco; luego agacha la cabeza: 'Oh, sí! En el libro se explica todo! Yo sigo al pie de la letra lo que sucede en Los Miserables'- Javert le da una sonrisa y palmadas sobre los hombros del muchacho; y arremete nuevamente: "Ahora es tiempo de volver a intentarlo. Es un trato, mi hijo...'.- El policía francés ha desaparecido de subito. Martin estaba parado sin comprender lleno de dudad; Siente que se esta volviendo loco y vuelve a recordar lo que Javert le ha dicho: No estoy seguro a que se refiere el inspector con "tenemos un trato"'-

Martin tiene un pensamiento que lo agarra por sorpresa: "Eres un bastardo, Lipinski. Gracias a ti me he convirtió en el hazmerreír y me llaman Cíclope! Mi carrera no va a ninguna parte! Y para colmo ese capullo se ha casado con Nora! Lo mataré con mis propias manos! Te voy a matar Rob, te lo juro!"

CAPÍTULO 28

Han pasado tres largos años. Rob camina en la noche entre el medio de una mutitud de pasajeros en la estación de tren de Nueva York. Llega sobre a la plataforma, mira con recelo a su alrededor.

Rob encuentra un teléfono publico, y marca un numero mientra tararea esperando que alguien conteste. Una voz de hombre contestó a su llamada, habla en chino, es la voz de Xiang en el teléfono: 'Restaurante de Xiang, que desea?'- Silencio en ambos lados de la línea. Con prontitud una voz de hombre en inglés vuelve a decir: 'Hola, es el restaurante, con quien hablo?'- Rob confundido, responde: 'Hola! Esta el señor Xiang?'- El hombre al teléfono escucha: 'Yo soy el señor Xiang, ¿cómo puedo ayudarlo?'- Rob se atreve a replicar: "Buenas noches señor, mi nombre es Robert..."- Xiang impide que Rob siga hablando diciéndole con

voz energica: '¿Cómo conseguiste mi número?'- Rob se calla.
Resultante es convincente: 'Dan Ming me lo ha dado! Me gustaría
conocerlo, señor'- la voz de Xiang se siente nerviosa: '¿Dónde está
Dan? Quiero verlo también'- Rob escucha; inhala y dice: 'No!
Dan no esta en Nueva York!

'Espero poder mostrarle las mercancías, señor Xiang'- Xiang
está jadeando en la línea telefónica: 'Ah, entonces? Ahora recuerdo!
En cuanto a las mercancías mis clientes quieren 50% de descuento
en el stock?'- La respuesta de Rob no da lugar a reclamo: 'Señor
Xiang, eso es una locura! No estoy de acuerdo...'- Pero Xiang
lo corta: 'cuando usted viene a verme, trae Dan contigo! ¿De
acuerdo?'-

Rob vueve nuevamente a la estación de tren. Esta parado a
un lado, miradando alrededor y siendoconsciente de esa multitud
que lo rodea. En la estación de tren se ven multitudes en la
plataforme, bajando algunos, subiendo otros a los trenes que van
llegando. Mientras espera Rob marcó un número en su teléfono
celular; y empezó a hablar:'Hola, Dan soy yo!'- Dan lo escucha
al otro lado de la línea telefónica; y pone una sonrisa: 'Hola, Rob!
¿Cómo va sus cosas?'- Rob escucha en estado de alerta, toma

una respiración profunda, y responde: 'No tan bien! Pero Estoy contento de oír tu voz Dan!'- 'Llamé a tu contacto, pero no fue como pensé que sería'- Escucha Dan en la línea telefónica; respira y con una voz tensa dice: "Cual fue el problema?'- Rob replica: 'Me ofreció un precio mucho menor al esperado! Aquellos clientes quieren pagar la mitad del precio. Tu sabes que el precio que di era el correcto, verdad Dan?'- Los dos en ambos lados de las líneas están respirando; mientras en pensamientos. Ahora la voz de se Dan altera: ';¿Cuál fue la reacción del hombre? ¿No quiso sellar el trato?'- Robert aquí:Él quiere que tu vengas, que tu estes presente." Así que Dan econsigueme nuevos clientes, tu sabes cómo!"- Pone Rob una mano en su bolsillo y siente la bolsa que tiene adentro. Dan murmura: 'Rob! Espera un minuto, ¿por qué necesito estar en Nueva York. No puedes arreglar el tema tu solo?'- Sin embargo, Rob esta tenso: No, tenemos que ver a los clientes a espaldas de Xiang para conseguir todo el precio acordado. Pero Dan nervioso replica: Si haces eso terminaras en la carcel Rob! Debes aceptar el ultimátum de Xiang...'-

Aunque Ming no lo sabe alguien ha instalado micrófonos en su teléfono, asi que han escuchado toda su conversación con Rob.

Mientras que en el lado opuesto de la casa de Ming de casa se ve una furgoneta.

Poco después en una habitación de arriba, Dan ha finalizado la llamada. Ha visto la camioneta con dos personas sentadas y que están usando auriculares. Ahora Dan hace una llamada a alguien, se escucha las conversaciones en un teléfono de automóvil, y voz de Martin con alegría: "Jefe, tenemos a este bastardo, Lipinski, por fin ha caido!"- Colubrine está en la línea de teléfono escuchando cauteloso; a continuación reacciona, ya que su voz es firme: 'Encontraste su localización?'- El jefe y Martin escuchan uno al otro, sus respiraiones. Martin ansiosamente dice: 'Sí, jefe! Le di mi palabra, no?'-

PARTE IV

CAPÍTULO 29

Es un dia maravilloso bañado por la luz del sol. Rob estaba parado cerca de una puerta de metal y está esperando ansioso que se abra esa puerta para ser liberado de la cárcel.

Cuando Rob es liberado mira ansioso a su alrededor y se para de golpe. Le dio el alcance Dan, quien le ofrece una sonrisa Abraza a Robert y golpea su brazo superior: 'Me alegro de verte nuevamente libre, Rob!'- Robert abraza a Dan: 'Yo también, Dan! Salgamos de aquí!'-

Luego se ve que están entrando a un taxi, que se habia pedido antes y estaba esperando a un lado.

Luego de bajarse del taxi, Rob junto a Dan han abordado el tren.

Se escucha los sonidos del tren y los dos salen de la estación junto a los otros pasajeros.

Los dos están sentados juntos, se les ve relajados a ambos mientras observan la ciudad a través de las ventanas de vidrio, Rob parece estar ensimismado en sus pensamientos.

Para el inicio del atardecer Rob está corriendo a la entrada de un parque, corre mirando los arboles y las hojas caídas.

En milésimas de segundos, Rob empieza a llamar a Gale.

Whoosh (corriendo): y la urraca aparece, se alza al vuelo. Rob parece sombrío: 'Hola, Gale! Lo siento, no vine antes, porque me detuvieron...'- Él observa a la urraca, que parece entender todo lo que el le dice. El cuervo esta contento y lo manifiesta con sus gritos: 'Kar-kar!'- Rob se ilumina con el sonido de Gale y le cuenta: "Los policías me detuvieron por setenta y dos horas. Gracias a Dios, la policía no ha encontrado todavía pruebas para llevarme a la cárcel"- Continua jadeando: "Si la policía encuentra pruebas, entonces que me encerrarán durante mucho tiempo. Gracias a Martin-Cíclope, sin duda todo es producto de el, quiere hacerme daño"- Rob entonces levanta cabeza,: 'Gale, tú eres mi compañero! Enséñame el camino, donde se encuentra las joyas!'-

Después Rob inclina la cabeza hacia abajo y aparece un número en su teléfono celular; en otro lado se escucha la voz encantadora de Nora: 'Hola! ¿Quién es?'- Rob ansiosamente Escucha la voz de su esposa; Luego habló: "Nora, soy yo! Ya estoy libre!"- En la línea telefónica Nora se queda sin palabras y está llorando.

El momento que Robert termina su llamada; gira para mirar al pájaro que lo ha estado observado. La urraca ha aterrizado y ahora está sentada en la rama del árbol. Gira su pequeña cabeza alrededor y mira desconfiada. El cuervo mira con sus ojos verdes a Rob. Gale se lamenta y se escucha su eco alrededor del parque. Rob agacha la cabeza y empieza a correr.

CAPÍTULO 30

Han pasado unas cuantas noches y Rob se monta a un taxi en Nueva York. Una vez que se ha bajado sigue caminando. Gira en una esquina y camina hacia el centro de la ciudad. A continuación Rob entra al barrio chino.

Rapidamente camina hasta el restaurante chino propiedad de. Rob ve en su interior a Dan, y se detiene. Luego camina con entusiasmo hacia su mesa.

Una camarera que sirve las mesas se ha acercado a Rob y Dan; Agacha la cabeza brevemente como señal de cortesía hacia los clientes, y les habla ingles con acento: "Que les gustaría ordenar?'- Rob la mira y le deja saber: ' Estoy de humor para probar la más deliciosa comida que tengas en el menú?'- Xiang aparece y se entromete en la conversacion: "Desearian algo especial?'- Xiang inclina la cabeza, que es una señal para que la camarera se aleje. Dan asiente con la cabeza; Rob aun esta nervioso por la presencia del dueño del restaurante pero dice "Mucho 'gusto de conocerlo por fin, señor Xiang, podemos hablar en privado?"- Xiang a su vez, sonríe: 'Ah, entonces! Vamos a subir, estaremos mas comodos alla arriba."

La habitación es oscura y esta medio oculta. Rob pone una mano en su bolsillo y saca la bolsa envuelta en una tela.

Ha desatado la bolsa y la pone sobre la mesa mientras enseña la colección de joyas.

Los tres hombres están asombrados, y curvan sus cabezas por encima para ver la mercancía con mas claridad. Xiang se dirige a Dan en una voz en un tono informal: "Cuanto quieren por este lote?'-

Rob se da cuenta de lo que pasa y aun desconcertado y ve la posibilidad de levantar el precio. Pone una sonrisay dice: Son verdaderas joyas finas. Antes de enseñarles todo el lote debemos fijar su valor. Cierto dan?'- Dan asiente con la cabeza hacia arriba y hacia abajo, totalmente de acuerdo con su amigo.

De repente Xiang se levanta de su aiento; con una sonrisa de codicia en la cara: "Disculpen, , señores por favor necesito un momento para pensarlo a solas"-

Xiang sale de la habitación, cerrando la puerta en silencio.

Cuando por fin reaparece Xiang, se va frotando las manos. Piensa por un momento; luego dice: 'Tu nombre es Robert?'- Rob asiente con la cabeza, y sonríe: 'Está bien, que sea a tu manera! Tengo que revisar la mercancía con cuidado para verificar que todo es real. - Entonces mira a Dan, quien asiente con la cabeza a la luz verde: 'Por supuesto estoy de acuerdo, señor!'- Xiang inclina su cabeza; y se inserta una lupa para ver más de cerca las joyas, que brillan sin disimulo:

'Está bien! Todos conformes?'- Rob murmura de manera timida: 'Señor Xiang, Dan me habló de sus conexiones. Entonces, quiero preguntar si... Bueno, yo tengo algo que pedirle'- Xiang está asombrado: 'Ah, entonces? ¿Qué clase de cosa secreta quieres pedir?'- Pero Rob esta aparentemente incómodo; Aun duda si explicar la situacion 'Yo necesito una identificación válida con nuevo nombre? ¿Me puede ayudar? Si no, olvídese de esta charla y de lo que dije?'- Este hombre chino sonríe: 'Entonces, Rob su apellido es Lipinski?'-

El duo asiente con la cabeza, conjuntamente. Xiang agacha la cabeza; Parece que accedió a hacer el trato: ' Vienes al lugar correcto! Podemos hacer un trato pero tu tienes que hacer algo por mi."

Mira Rob ser aturdido: ' ¿Qué tipo de trato? Señor, ¿qué es lo que quieres que haga? No soy un delincuente!'- Xiang fija los ojos en lamesa de joyas como indicándole que eso no es cierto: Va a llegar un barco procedente de Rusia, necesito que me traigan unas joyas que están ahí'- Rob está alarmado y tiende a preguntar: 'Cómo sabre el puerto puerto?'- Xiang le dice: 'Se lo haré saber, cuando me entreguen la mercancía! Entonces? Quieres hacer negocios? Rob mira Dan, quien asiente con la cabeza; pero Rob insiste: "Dan y yo lo tenemos que pensar"

Piensenlo replica Ming, si estas de acuerdo tendras una nueva identidad al momento.

Capítulo 31

Ya es de noche cuando Rob llega a su casa. Sienta en la esquina de la cama, a su lado esta Nora que parece estar angustiada de tanto llorar. Rob le acaricia el pelo mientras le dice:'Nora debemos decidir ahora, debemos irnos antes de que sea demasiado tarde'- Eleanor respira profundo y levanta la cabeza, parece perdida en el mar de duads ';Por qué tenemos que irnos, Rob? Rob piensa un momento pero responde: "Tenemos que irnos Nora, debes confiar en mi plan."

Nora piensa un rato, y le dice: 'Ojalá que no estemos apresurando las cosas Rob'- Sin embargo Rob se detiene; sacude la cabeza, como desaprobado. "Nora, apoyame! Cíclope nos persigue! No tenemos otra opción! Entonces, te ruego que tengas paciencia. Tengo todo bajo control, nena'- La pareja se comenzó a besar apasionadamente, ambos se desnudan. Rob le dice: 'Te amo, Nora!'- Ella responde: 'Te amo...' - Se deslizan lentamente sobre la cama; mientras que luna llena sobresale a través de la ventana.

Un cuervo vuela en el exterior de la casa. Gale grita con fuerza con intuye que los amantes están haciendo el amor.

CAPÍTULO 32

Es de noche en San Francisco, donde un envío hace un minuto ha atracado en el puerto.

La nave ha desembarcado mercancías en la costa; se ve a un marinero entre esa tripulación; mira nervioso a su alrededor. Este marinero debe entregar la mercancía. Él se ha movido y cambia el artículo por un repuesto, parece que es como "un gato sobre el tejado caliente".

En este momento en la autopista se vislumbra una camioneta, que se dirige al puerto. La furgoneta conduce haciendo giros, y luego haciendo un ultimo giro brusco se detiene muy cerca del puerto.

Rob estaba parado al lado de Dan para hablar con el marinero. Escucha que el marinero habla ruso: "Has traido la mercancía?'- Rob Mira Dan, aunque ambos no lo entienden: 'Escucha camarada, hablas Inglés?'- El marinero mira a esos dos y asiente con la cabeza; Entonces empezó a hablar inglés con un acento fuerte: 'Sí si hablo.. Ya he dicho aquí esta la mercancia!'- A continuación el marinero saca de su bolsillo un bolso que está envuelto en tela y se los muestra.

'ahí esta! Ahora, ¿cómo me pagarás por ello? Arriesgué mi cuello, para traer estas piedras a Estados Unidos!'-

Robert instantáneamente abre su bolso y le dice al marinero "Depende de lo que hayas traido"? El marinero asiente con la cabeza.

Los últimos minutos el dinero cambia de manos. El trato principal se hizo, el marinero ha entregado las gemas y Robert el dinero.

Más tarde esa noche, Robert está sentado junto a Dan en la parte delantera del coche. Dan da una vuelta alrededor de la esquina; y la camioneta se detiene cerca de un restaurante chino, donde Dan estaciona.

Rob mirada a través de las ventanas del coche, esta tenso: 'Vamos a entrar?'- Dan se ve nervioso, y también mira a su alrededor: ' Sí! Pero tenemos que ser cuidadosos!'-

En la habitación de arriba, Rob está sentado alrededor de la mesa. A su lado esta Dan; en el lado opuesto del asiento Xiang. Los tres están inmersos en un escrutinio de la mercancía, que Rob y Dan han traído a antes.

Xiang ha comenzado ha desplegar la bolsa y ver las joyas. Este trío se mira con ojos de asombro y orgullo. Robert de pronto ve los papeles de identificación que le ha traido El Sr Xiang y da un respingo: "Esto es para mi Sr Xiang? Estos son los papeles del trato, no?

Xiang levanta cabeza, examinado hasta ver la expresión en las caras de los dos; le dio una sonrisa, y murmura: "Sí, ¿te imaginas?!Pero este no es el final de nuestro trato. Ahora, se dividirán los bienes en medio."- Visto que Xiang tamiza las gemas en una bolsa; precipitadamente se levanta de su silla y mueve unos objetos del cajón. Entonces sacó una bolsa de su gabinete: 'Aquí está una bolsa para ti y la otra para los clientes!'- Dio la bolsa a Rob. Todo están contemplado en silencio. Ahora Xiang insiste: 'Ambos tienen que cruzar el puente e ir a Nueva Jersey para entregar la mitad de las mercancías a los clientes Y no se olviden de traer dinero?'-

CAPÍTULO 33

Por ahora es amanecer tiene un rojo sangre en la ciudad, el clima es frío. En la carretera Ming está acelerando la camioneta. Dentro de la furgoneta estan Robert, Nora y Dan.

A la policía le han dateado con anterioridad que este trio esta dejando la ciudad.

De repente, aparecen por detrás una serie de coches de policía, que persiguen al trio que va dentro de la camioneta.

Rob esté asentado en el sitio delantero del automóvil y Dan ocupa el volante. Eleonor va en el asiento trasero se le ve pálida y llena de pánico. De repente grita Robert, y agitaba sus manos arriba en el aire: "Dan, apurate. Los policías se acercan! Conduce más rápido!"-

El auto de la policía, un 'BMW', con Martin en el asiento de atrás se acerca peligrosamente, cerca esta Colubrine, entre otros oficiales, que también están persiguiendo el coche. Precipitadamente Colubrine ha grita, urgentemente: 'Apurense o los vamos a perder! Vamos mas rápido hombres!- Hasta ahora la policía está en posición para disparar.

Martin mira fijamente de la ventana del coche; cuando dice firmemente: nada raro jefe, usted cree que hemos llegado hasta aquí para que estos escapen? No va a pasar!"

Sigue el coche a una velocidad increíble, van subiendo de manera rápida: 80, 85 90!

Después él se da la vuelta para ver como sigue Nora. Ella parece estar muy mal, y temblando del miedo. Nora por favor aguanta un poco, esperate a que llegamos a Canada, ahí estaremos a salvo. ¡Tome respira! Nora está al borde de las nauseas, cubre su boca con la palma de su mano, y habla con una voz sensible: "Lo siento no lo sabia" No quise arriesgar la situación!: No quise arriesgar al bebe!"

Nora ya no puede contenerse, siente que se muere. Ell solloza y jadea: Yo no deseo despedirme de ti! Robert no te rindas, no te atrevas a rendirte

Rob le dice firme: '¿Sería mejor, si yo dejara que te bajes de la furgoneta, Nora. De Este modo, no te harán daño. - Robert le indica con los ojos a Dan para para el coche en un alto. Con un pensamiento rapido, Rob abre la puerta, y ha empujado a Nora del coche hacia el exterior. Una vez que él cierra la puerta del coche con pestillo, y grita: '¡Anda más rápido! ¡Acelera, Dan!'- Desde su furgoneta perseguida, Dan acelera, y se apresura.

En el coche del patrullero mientras tanto, un oficial vio a Nora ser arrojada del coche a la calle. Martin la ha visto, y su corazón comienza a latir repetidamente.

Aún él está excitado cuando dice:: '¿Jefe, podemos pararnos durante un segundo? El'- Colubrine gira para mirar a Martin; él parece pensar que Martin se ha vuelto loco; entonces enojado responde: '¡Por qué?! ¿estas loco?'-

Pero el inspector gira atrás; y con su radio/teléfono portátil indica: '¡Todos escuchen con cuidado! Paren sus coches y busquen una mujer en la calle lateral. ¡Y tráiganla para hablar más tarde!'- Martin es dichoso y replica: '¡Gracias, Jefe! ¿Señor, usted lucha y me ayuda igual que el inspector del libro "Los Miserable"?'- El Colubrine gira al frente, y declara con la mirada fija: '¿Cíclope, usted sabe que es algo que tenia en el pensamiento?'-

Pronto la Policía e Interpol están casi pisándoles los talones a este duo. Martin esta frenético, cuando asegura: '¿Esta furgoneta se dirige hacia los lagos para entrar a Canadá?'- El Colubrine todavía esta nervioso; pero ha cambiado sus medidas: "Tenemos que bloquearles el aire" A que se refiere jefe? A que tenemos que bloquearle todos los caminos , tenemos que bloquearles las salidas en trenes, aeropuertos, todo!"

Los coches patrulleros persiguen el coche de Rob, mientras ellos van subiendo al puente.

Sin advertir el momento, uno de los neumáticos se enciende, Dan intenta de todas maneras controlar el coche, pero es casi imposible controlar un coche cuando va en movimiento y a esa velocidad. Los autos patrulleros están detrás de ellos y aunque lo intentan no pueden parar a tiempo.

La persecución continua, los policías intentan seguir el auto de los fugitivos que anda en zigzag, va de un carril a otro sin detenerse.

Sobre el terreno la camioneta sigue, las patrullas intentan detener el camino , se ponen delante algunas pero ellos logran esquivar a cada uno. Se escucha a Rob gritando: :¡Ten cuidado,

Dan! ¡Apresúrate! ¡No páres! ¡¡Ellos están cerca de nosotros! ¡Dan, no pares, rápido, sigue adelante , aumenta la velocidad!'-

Antes de la última hora de la noche los vehículos de policía están en el puente y tienen el camión de Rob rodeado.

Han logrado detener el caminon con un choque de frente.

En fracciones de segundo la furgoneta gradualmente para y va en caída libre. Entonces el coche golpea con fuerza al entrar al agua. Los dos están vivos, pero Dan y Rob están terriblemente asustados.

Paradoja: Robert esta conciente y razonando, cuando trata de abrir la guantera del coche, él entonces se escapa algo de un bolso diminuto, y lo pone en su bolsillo. Pero una ráfaga repentina se observa; ¡ y esto arrastra una la explosión! ¡Retumba!

Como el dúo han sentido un resplandor horroroso. ¡Una segunda ráfaga, y la furgoneta es reventadas en llamas, es enorme! Su impacto ha hecho una onda de resonancia estruendosa. Las ráfagas hacen resplandores que iluminan todo. Las llamas han volado en el aire tan alto que los pedazos han volado hasta zonas lejanas y amplias.

La ráfaga de luz y llamas ha envuelto todo el coche, lo ha destruido, solo se ve una nube gris que envuelve todo a su alrededor.

Ya en el amanecer aun se siguen escuchando como eco los destellos de las llamas. Se ve el camión aun en llamas, y sus cenizas volando en el aire. Se ven destellos de luces en la campiña, se ven hasta el lago Michigan el auto de Rob ardiendo en llamas.

Un poco más tarde, Martin se mueve oblicuamente, pero parece tener compasión ninguna por Robert, ni por lo que le ha pasado. En cambio, tiene una alegría que se le desborda y no parece poder contener. Con una sonrisa y hablando como si Rob lo escuchara dice: '¡Rob, usted se merece lo que le paso! Usted intento engañarme! ¡Ah ah!'-

En el aire se escucha con fuerza el lamento de un cuervo.

En fracciones de segundo milagrosamente dentro del agua resurge en la superficie dos cabezas masculinas.

FINAL DE LIBRO 1